지구별에서 노닐다

김명현 이야기

지구별에서 노닐다

꽃자리

가까이 있어도, 자주 만나도, 늘 그립다

그분께서 나를 지구별에 보내시며 맘껏 노닐다 오라고 하셨나 보다. 누구보다 여행을 즐기며 매사에 감격하면서 유쾌하게 시간을 보낸 것 같다. 나를 만나는 사람마다 울적한 마음이 명랑한 마음으로 바뀌어 기분이 좋아지기를 바라며 살아왔다. 그래서 그들에게 나는 '또 만나고 싶은 사람'으로 기억되고 싶었다. 사실, 나는 집안 가구 정리도 잘 못하고, 살림도 짜임새 있게 할 줄 모른다. 음식 솜씨도 내세울 만큼 좋지 않으며, 그렇다고 눈에 띌만큼 미인이라는 소리도 듣지 못했다. 그런데도 남편은 내가 있는 집이 제일 좋다면서 (다른 집을 얼마나 다녀 봤는지 모르겠지만) 늘 나를 격려해주고 배려한다. 또 내가 밖에서 활동할 수 있도록 든든한 후원자가 되어 준다.

나는 이 세상에 와서 재벌 그룹 하나 만들지 못했지만, 나의 자랑스러운 두 아들을 키운 것 (그 애들은 저희 어미가 저희들을 방목했다고 하지만)이 어디 그만 못하랴! 자식을 둘 낳아 키운 것이 내가 이 지구 행성에 와서 남긴 흔적 중에 가장 보람 있는 일이라 하겠다. 그리고 내가 이 지구별 위에서 노닐 때 동행해준 길벗들이 있어 풍성한 행복 속에서 살아왔다. 그들에게 늘 고마운 마음이 가득하지만 갚을 길이 제대로 없어 빚진 마음으로 살고 있다. 그런 저런 나의 이야기들을 이 둔재가 글로 적어 정리하여 내다니 나도 놀랍고 감격스럽다.

특별히 표지와 본문에 산뜻한 그림을 그려주셔서 보잘 것 없는 글을 빛내주신 임종수 목사님께 감사드린다.

나와 함께 한 모든 분들이 있어서 행복했다. 사랑한다. 가까이 있어도, 자주 만나도, 늘 그립다. 이제 이 작은 책이 징검다리가 되어 또 다른 독자들을 만날 것을 생각하니 몹시 설렌다. 이 마음 그대로 전달되기를 빈다.

2018년 4월 20일
한 남자 만나 50년을 살았네

차례

기다리는 것은 바라는 것

내가 웃는다

별들의 숲

당신은 나의 노래 남편의 시에 담긴 김명현

내가 만난 김명현

마을 어귀의 느티나무처럼

김기석 | 청파교회 목사

　　대만신학자 송천성은 어머니를 가리켜 '하나님의 공동 창조
자'라 말했다. 생명을 낳아 기르는 행위의 소중함을 그렇게 표현
한 것이리라. 날이 갈수록 그 말이 실감난다. 현대문명은 끝없이
욕망을 부추기고, 그 욕망의 폐쇄회로에 갇힌 이들은, 기쁨을 누
릴 줄 모른다. 이웃은 신이 보내주신 선물이 아니라 일상적으로
경쟁해야 하는 대상으로 전락했다. 합리성과 효율이 최상의 가치
로 대접받는 세상에서 삶은 부박하고 공허하기만 하다. 사람들은
마음 내려놓을 곳을 몰라 방황한다. 고향 상실, 안식 없음이 지금
우리 삶의 실상이다. 괴테는 "영원히 여성적인 것이 세상을 구한
다"고 말했다. 여성이 아니라 여성적인 것이라는 표현이 중요하
다. 여성적인 것이 대체 뭐냐를 놓고 갑론을박이 있긴 하지만, 생
명에 대한 감수성과 관계 지향적인 공감능력을 가리킨다는 말로
이해한다면 크게 틀리지는 않을 것이다.

지난 시절 여성들은 주체로 살기보다는 남성 중심 사회의 객체처럼 살아왔다. 〈씨알의 소리〉 1978년 5월호에 실린 함석헌 선생의 '씨알에게 보내는 편지' 제목은 "나야 뭐"였다. 함 선생은 아내 황득순의 죽음을 알리면서 그의 삶을 '나야 뭐'라는 말로 요약했다. "먹을거나, 입을거나, 뭣에서나, 자기는 늘 빼놓으면서 늘 하는 말의 첫머리가 '나야 뭐……'였다는 것"이다. 이것이 전통적인 여인들의 삶이었다. 다른 이들을 위해 자기를 지우는 것을 당연하게 여기는 삶 말이다. 지금은 세월이 달라졌다. 여성들은 더 이상 객체의 자리에 머물려 하지 않는다. 스스로 삶의 주체가 되기 위해 치열하게 노력한다. 그런데 주체가 된다는 것이 곧 외로운 단자로 살아간다는 뜻은 아닐 것이다. 진정한 주체는 다른 이들과의 창조적 관계를 맺을 수 있는 유연한 존재가 아니던가.

김명현 선생님은 그런 의미에서 진정한 주체라 할 수 있다. 젊은 시절 공부한 신학을 자양분 삼아 그는 다양한 분야에서 활동을 지속해왔다. 교회갱신을 위한 헌신, 여성들의 권익과 지도력 개발을 위한 활동에서 그는 특유의 친화력과 긴장을 해소시키는 건강한 유머로 사람들의 마음을 모으고 있다.

그렇다고 하여 가정생활을 소홀히 하지도 않았다. 아니, 어쩌면 가정생활이야말로 바깥에서의 활동을 가능케 한 생명의 묘판이었는지도 모르겠다. 에리히 프롬은 사랑의 속성을 돌봄, 존경, 지식, 책임이라 했다. 김명현 선생님은 그러한 사랑의 좋은 예이다. 가끔 티격태격하는 것처럼 보이지만 그의 표정과 말 속에 배어있는 남편에 대한 아낌없는 신뢰와 사랑은 곁에 있는 이들을 가만히 미소 짓게 만든다. 부부는 서로 돕는 배필이어야 한다는 말에 가장 잘 어울리는 분들이다. 두 아들에 대한 존중과 신뢰, 그리고 손자 손녀들에 대한 아낌없는 사랑은 실답기 이를 데 없다. 그들이 저마다의 자리에서 제 몫을 톡톡히 해내며 사는 것은 어쩌면 이 가없는 사랑 덕분인지도 모르겠다. 아직은 그렇지 않다고 부인할지 모르겠지만 선생님은 어제도 오늘도 마을 어귀를 지키며 찾아오는 모든 이들을 차별하지 않고 맞아주는 품 넓은 느티나무를 닮아가고 있다.

민영진 박사님과 함께 걸어온 50년의 세월을 회고하고 또 경축하기 위해 마련한 이 글 모음집에는 배꼽 빠지게 만드는 웃음, 아련한 아픔, 그리움, 그리고 무엇보다 감사가 넘실거린다. 글을 읽어 나가는 동안 우리에게 주어진 비근한 일상을 충실하게 살아가는 것이 어쩌면 장엄한 명분을 붙드는 것보다 거룩할지도 모르겠다는 생각이 들었다. 주님께서도 일상의 일들 속에서 깃든 하늘나라의 광휘에 주목하시지 않았던가. 코헬렛의 말이 새삼 떠오른다.

"그렇다, 우리의 한평생이 짧고 덧없는 것이지만, 하나님이 우리에게 허락하신 것이니, 세상에서 애쓰고 수고하여 얻은 것으로 먹고 마시고 즐거워하는 것이 마땅한 일이요, 좋은 일임을 내가 깨달았다! 이것이 곧 사람이 받은 몫이다"(전도서 5:18).

우리의 영원한 중심이신 그분의 마음에 당도하기까지 몸 성히, 마음 성히, 잘 지내시기를 빌고 또 빈다.

생(生)의 화롯가에 앉아

한희철 | 성지교회 목사

더는 견딜 수가 없어 봄꽃은 피고, 더는 참을 수가 없어 이야기 꽃은 핍니다. 견딜 것이 남았다면 꽃은 아직 꽃이 아니고, 참을 것이 남았다면 이야기는 아직 이야기가 아닙니다. 잎을 잊고 꽃으로 피는 봄꽃은, 말을 물리고 웃음이 먼저인 이야기꽃은 그것을 일러줍니다.

왜 그랬을까요, 글을 읽는 동안 마음을 떠나지 않은 생각이 있었습니다. 화롯가에 앉아 있다는 생각이었지요. 창밖으론 첫눈처럼 하얀 목련이 터지는 보름산미술관, 마침 손님이라고는 아무도 없어 아까울 만큼의 한적함을 누리며 한 장 한 장 글을 읽을 때 마음은 그랬습니다. 인생이라는 화롯가에 둘러앉아 이야기를 듣고 있다고 말이지요.

내내 마음이 따뜻했고, 웃음이 났고, 두 눈이 젖기도 했습니다.

박장대소, 포복절도의 순간도 있었습니다. 웃다가 눈물이 나기도 했고, 눈물을 닦다 다시 웃기도 했지요. 고개를 주억거리며 생각에 잠기기도 했습니다.

열다섯 시간 지구별에 머물다가 사울언덕에 묻힌 한 아기는 한참 동안 마음을 먹먹하게 했고, 꿀보다도 더 달았을 것 같은 신혼 시절의 이종 격투기며 여관방 이야기에는 설마 하면서도 뭔지 모를 위로도 얻었습니다. 부엌의 신성함을 지키시려는 모습에선 "하나님은 공부하는 학생들의 연필 끝에, 일하는 농부들의 호미 끝에, 탄을 캐는 광부들의 곡괭이자루 끝에, 밥 짓는 여인들의 젖은 손끝에 계심을 기억하라" 했던 샤르댕의 말이 떠오르기도 했고, "당신은 안 입는 것이 가장 예뻐"라는 말 앞에서는 나중에 졸라서 들을 이야기가 아직도 많구나 하는 기대를 갖게 했습니다.

곳곳에 담겨 있는 민영진 선생님의 해학은 경이롭기까지 했습니다. 촌철살인의 경지가 이런 것이구나, 감탄을 합니다. 따뜻한 마음에서 길어 올린 존중과 배려, 지극한 사랑과 가없는 너그러움이 없으면 꿈도 꾸지 못할, 그래서 제게는 감신대 강의실에서 배웠던 구약학보다도 더 귀한 가르침으로 다가왔습니다. 눈과 마음에 익은 동네 풍경을 맞은 편 언덕에 올라 새롭게 바라보는 마음입니다. '하나님은 이야기를 좋아하시기 때문에 인간을 만드셨다' 했던 엘리 비젤의 말이 떠오를 즈음, 어느새 슬쩍 하나님도 화롯가에 함께 앉아 계시다 싶더군요. 몸에 배인 거룩함 때문이셨는지 애써 웃음을 참으시면서 말이지요.

자신만이 들려줄 수 있는 이야기 하나 가슴에 있다면 어느 누구의 삶이라도 아름다운 거라고 생각하며 사는 제게 생의 화롯가에 앉아 듣는 이야기들은 과분한 즐거움이었습니다. 이곳저곳 엉클어져 있던 다양한 빛깔의 실을 모아 놓으신 자수(刺繡)에는 눈이 부실 만큼의 아름다운 세상이 담겨 있습니다.

기억은 사랑의 또 다른 얼굴, 담다보면 닮는 것이겠지요. 함께한 순간을 고마움의 보석 상자에 담은 두 분은 어느새 닮으셨습니다. 삶을 위로하고 축복하는 사제로, 생을 노래하는 시인으로, 어떤 어색함도 없이 두 분은 하나이십니다.

언제고 시간 허락하실 때면 허름한 흙집 인우재(隣愚齋)를 찾아 다시 한 번 화롯가에 둘러앉았으면 좋겠습니다. 더 듣고 싶은, 또 듣고 싶은 이야기가 많습니다. 이야기를 나누는 동안 바깥 어둠은 길수록 좋고, 찬비나 찬바람은 사나울수록 좋겠다 싶습니다. 늙지 않고 익어가는 것이 얼마나 아름다운 것인지를 두 분을 통해 배우는 우리들을 위해서라도 두 분 더욱 건강하고 평안하시기를 빕니다.

지구별에서 노닐다

지구별에서 노니는 분들답게 사신다

한종호 | 꽃자리출판사 대표

김명현, 그러니까 이분은 민영진 박사님의 부인이시다. 그러
나 그걸로 이분을 부르는 것은 뭔가 실례다. 도리어 민영진 박사
님이 이 분의 남편 되신다, 이렇게 소개하는 편이 온당할 것이다.
민영진의 존재는 김명현으로 해서 빛나기 때문이다. 이 책을 읽
으면 아하, 하고 고개를 끄덕이게 될 것이다. 남편 민영진을 '미숙
아'라고 하는 까닭도 여기에 적혀 있다.

1968년 결혼하신 두 분은 2018년 올해가 금혼이다. 결혼 50주
년이라는 말이렷다. 그 세월 동안 겪은 일이 어디 하나 둘이겠는
가. 그런데 이 이야기를 풀어내는 김명현의 솜씨는 이 책의 제목
그대로 "지구별에서 노닐다" 수준이다. 거침없는 솔직함, 남편 민
영진에게 날리는 연타, 깔깔거리며 웃게 만드는 풍부한 유머 등
은 놀랍도록 구체적이어서 읽는 재미가 쏠쏠하다.

사실 우스갯소리 잘하기로는 김명현 사모님이나 그의 동반자

민영진 박사님이 막상막하다. 아재개그 수준이 아니다. 인생을 살면서 찡그리고 사는 것과 조금이라도 웃고 사는 것은 당연히 다르다. 그 정신의 힘이 사뭇 깊은 이에게서 일상의 유머가 자연스럽게 나온다. 넉살이 좋으시고 마음도 섬세한 두 분의 삶이 이 책에 고스란히 녹아 있다.

그런 까닭에 이 책은 두 분을 아는 사람만이 아니라 특히 젊은 세대가 읽었으면 하는 바람이 크다. 삶의 지혜도 배우고, 인생의 깊이를 이루어내는 데 적지 않은 도움이 될 것이기 때문이다. 게다가 구수하게 말로 풀어내는 이야기처럼 쓴 문장은 그야말로 술술 읽힌다. 일단 잡으면 훌쩍 시간이 지나간다. 흡인력이 대단하다. 어찌 보면 우리는 이런 식의 이야기 솜씨를 잃어버리고 살고 있지 않았나 싶다.

책에 나오는 재미있는 대목이 수도 없이 많은데, 그걸 여기에 옮기기 보다는 김명현 사모님이 언젠가 식사자리에서 하신 유머 하나 소개하는 걸로 마칠까 한다. 해석하기에 따라 조금 야하다.

"건망증이랑 치매랑 어떻게 다른지 알아요?" 그 연세에 중대한 문제다. 숟가락을 들더니 그 다음 이야기를 이어가신다. "건망증은 아, 숟가락 어디에 두었지? 하는 거고 치매는~" 듣는 이들이 귀를 바짝 기울인다. "숟가락이 어디에 쓰이는지 모르는 거예요." 그러시더니 "아, 요즘 이이(남편)가 내 용도를 몰라." 모두 박장대소하자 옆에 있던 민영진 박사님 왈 "음, 그러게. 나 치매 맞나 봐." 이러고들 사신다. 지구별에서 노니는 분들답게.

지구별에서 노닐다

김명현 · 민영진의
지구별 여행

기다리는 것은
바라는 것

둘째 아들은 여섯 살에 임파선 암에 걸려 생사의 기로에 서 있었다.

고통을 못 이겨 몸부림치며 우는 모습은 차마 볼 수 없는 광경이었다.

하루는 기도하는 중에 환상을 보았다.

내 시야의 위로 45도 각도쯤 되는 곳에 예수께서 서 계셨고

그때 나는 둘째 아이를 품에 안고 있는데,

그분이 아기를 내 품에서 데려가시는 거 아닌가!

그러다가 잠시 후 다시 그 아기를 내게 돌려주신다.

그런데 그 아이가 크더니 설교단에서 말씀을 전하는 목사로 변해 있었다.

가풍을 바꾸는 며느리

내 나이 육십을 넘으니 후배 살림이들이 자기들에게 들려줄 이야기가 있을까 하여 기록으로 남겨달라고 하네. 지금까지 살아오면서 가슴에만 꽁꽁 묶어둔 나만의 이야기는 없다. 기회가 있을 때 이 사람 저 사람에게 이야기를 하였고 어떤 이야기들은 글로도 쓴 일이 있다. 이 기회에 이곳저곳에서 엉클어져 있던 이 빛깔 저 빛깔의 실들을 뽑아 이야기의 자수(刺繡)를 놓아볼까. 어찌 감히 그런 마음을 먹을 수 있으랴만, 나의 이런저런 이야기들이 어떤 이에게는 위로가 되고, 어떤 이에게는 희망이 되고, 어떤 이에게는 지혜가 되고, 어떤 이에게는 웃음이 되었으면 하는 바람을 가져본다. 나 자신도 어떤 그림을 그리게 될지 어떤 자수를 놓게 될지 사뭇 설레고 궁금하다.

"웨딩드레스 못 입는다!"

1966년 연세대학교 연합신학대학원에 입학할 무렵, 그때만 해도 나는 내 나름대로의 꿈이 있었다. 그런데 한 남자를 만나고부터 나의 꿈은 그 남자의 꿈에 녹아들어 버리고 말았다. 그래서 그런지 지금도 자기의 꿈을 이루고 활동하는 여성들이 부럽고, 나의 이런 모습이 후회될 때도 있기는 하다. 그래도 난 지금의 내 처지에 만족하며 감사하고 있다는 것이 솔직한 고백이다. 이런 나에게 여성의식이, 자기의식이 있다고 하는 것이 어쩌면 억지일지도 모른다.

눈부시리만큼 희고 멋진 웨딩드레스를 입어보고 싶은 꿈을 간직하며 소녀시절을 보내지 않았다면 거짓이겠지. 지금 이 나이에도 그 꿈을 아직 못 버리고 여전히 웨딩드레스를 입은 신부가 부러우니까. 그런데 침례교 목사이셨던 내 남자의 아버지는 우리 사이에 혼사가 오가면서부터 일찌감치 며느리가 될 사람에게 엄명을 내리셨다. 당신 자신은 주례를 하실 때 신부가 한복을 안 입으면 주례도 안 서주었다면서 민 씨 집 개혼에 며느리는 꼭 한복을 입어야 마땅하다는 지론이셨다.

이렇게 예상 밖으로 길이 막히자 친정어머니께 속상하다고 말씀드렸다. 어머니는 내 남자를 불러다가, "이봐, 민 서방, 명현이한테 평생 원망 듣지 말고, 웨딩드레스를 입도록 부모님께 잘 말씀드려 보게, 결혼식 날은 신부가 주인공인데 주인공 소원 좀 들어 줄 의향은 없는가" 하며 점잖게 당부하셨다. 그 민 서방은 어머니 앞에서 "네" 하며 머리를 조아리고는, 나에게 와서 꼭 한복을 입어야 한다고 최후의 통첩 같은 것을 했다. 만약 결혼식장에 한복을 안 입은 신부가 나타나면 자기는 곧장 퇴장한다는 것이었다. 그 말이 농담만은 아닐 것이라는 것을, 짧은 연애 시절에 벌써 터득한 터라, 모처럼 잡은 신랑 놓칠까 봐 두려워서 울며 겨자 먹기로 한복을 맞추었고, 결혼 당일 그 싫은 한복을 걸쳤다. 그 위에 면사포도 쓰고 부케도 들고 바보처럼 결혼식장에 나타났다. 그때 주례를 맡으셨던 감신대학 홍현설 학장님은 신부 속 썩는 줄은 전혀 모르시고, 나의 한복차림에 감탄하기까지 하면서, "역시 배운 사람이 달라, 한복이 얼마나 아름다워!" 하시면서 너무나도 흐뭇해하시는 것이었다. 옆에 서있는 신랑의 기만 잔뜩 올려주신 셈이다. 그때 우리 선생님께서 나의 신부복을 아무리 그렇게 칭찬해주셨어도, 나는 지금까지 드레스 입은 신부가 부럽고 못 입어 본 것이 서운하고 섭섭하다.

그래서 나는 젊은 시절부터 지금까지 기회 있을 때마다 남편에게 나의 이런 서운한 심정을 줄곧 말했다. 후배들의 결혼식장에 갈 때는 물론이려니와 친구 자녀들의 결혼식장에 출입할 나이에 이르러서도 웨딩드레스 못 입은 것과 억지로 한복을 입어야 했던 굴욕적인 순종을 자탄하면서 남편을 원망했다. 결혼식에 한복을 입어야 한다면 어째서 신부만이냐고, 같은 논리로 신랑도 당연히 한복을 입어야 하는 것 아니냐고, 대들기를 30여 년 이상 했다.

지구별에서 노닐다

드디어 그이는 어느 날 설교를 하면서 이런 말을 하더군.

"여성들이 자기들의 한을 그냥 혼자 삭이고 넘어가면 남성들은 그 한을 모를 뿐 아니라 계속 여성들에게 한을 남겨 주는 생각과 행동을 하게 됩니다. 제 아내가 자기 뜻이 좌절된 경험을 호소도 하지 않고 아무런 불평도 없이 그냥 묵종(默從)하고 살았다면, 나는 내가 한 모든 것이 그냥 당연한 걸로 알고, 대를 물려 우리 며느리에게도 한복을 입고 결혼해야 한다고 주장했을지 모릅니다. 어린 남편이 여성의 마음을 헤아리지 못하고 어린 신부에게 상처를 주고 한을 남겨 주게 된 것이 후회가 됩니다. 제가 생각을 이렇게 바꾸기까지는 제 아내의 지칠 줄 모르는 자기주장이 있었기 때문입니다. 결국 한 여성의 꾸준한 주장과 도전이 상황도 변화시키고, 게다가 한 남성을 구원시키기까지 한 셈입니다."

아이 이름 짓기

1968년에 결혼해서 1969년에 첫 아이를 낳았다. 나의 몸을 빌려 이런 생명이 태어나다니! 너무 신비하고 놀라웠다. 세상을 온통 얻은 것 같기도 하고 내 자신이 너무 대견하고 자랑스러워 마구 아무데서나 환호라도 지르고 싶은 심정이었다. "손자 보심을 축하합니다"라는 아들의 전보를 받으시고, 그때 대전에 사시던 시아버님께서는 그 날로 서울의 신촌 세브란스 병원으로 올라오셨다. 산모 방에 들어서자마자 하시는 말씀이, "아(兒) 이름은, 서울에서 났으니까 서울 경자 넣어서 경식(京植)이다" 하시는 게 아닌가. "식"자 돌림이라서 "식"자는 각오했지만, 경식이라는 이름이 맘에 안 들었고, 작명 과정과 방법이 싫었다. 서울에서 태어난 아이가 이 아이 밖에 없나 하는 생각에 시큰둥할 수밖에.

이 아이를 내 몸에 품고 살아온 지 열 달, 그동안 입덧에 얼마나 고통스런 시간들을 보냈던가. 무거운 몸을 이끌며 힘겹게 살아온 사람은 바로 난데, 내 의견은 어쩌면 물어보지도 않으시나, 나는 애나 낳아주는 몸이고 가문 이어주는 씨받이인가 하는 생각에 화가 나 죽을 지경이었다. 나는 한동안 시아버지가 지어준 그 이름을 부르지 않고 그냥 "민 애기"라고 부르며 지냈다. 그리고 이런 마음을 그냥 꽁하니 내 마음속에만 묻어두지 않고 기회 있을 때마다 남편에게 이야기했다. 마침 남편은 구약을 공부하는 사람이라 잘 알아들었다.

지구별에서 노닐다

가부장문화권에서 쓰인 구약성서에서도 자녀의 이름을 짓는 것이 어머니의 몫으로 나오는 대목이 많다. 야곱의 열 두 아들 이름은 모두 다 그들의 어머니 레아와 라헬이 지은 것이다. 기도로 유명해진 야베스 이야기(역대상 4장)에도 보면 한 여인이 아기를 낳고 너무 힘들고 고통스러워 자기 아들 이름을 고통이라는 뜻을 지닌 "야베스"라고 짓는다. 자기 아들이 살아가야 할 평생의 이름을 고통이라고 이름 짓는다는 것은 너무나 이상하고 잔인하다.

그러나 그 어머니는 고통을 자기 아들의 이름에 새김으로 산모의 고통만이 아닌 여성의 고통까지 아들이 잊지 말기를 바란 것은 아닐까? 그 이름을 지닌 아들은 결국 이름에 새겨진 고통의 운명을 바꾸어 하나님께 복 받아 살고, 더 적극적인 삶을 살아가는 신앙을 갖게 된다. 그 아들은 하나님께 배나 더 의지하고 배나 더 매달리며 도움을 구하였다. 그래서 결국 야베스는 존경을 받았으며 하나님께서는 그가 구한 것을 이루어주셨다고 기록되어 있다.

그런데 20세기에 사는 엄마의 의견이 아기의 이름을 짓는데 1%도 반영되지 않은 것에 대해 못내 섭섭하고 억울한 심정이었다. 그러나 한 며느리의 끈질긴 발언이 한복만을 고집하는 신부의 결혼 예복이나 산모의 의견을 무시하고 아기 이름을 짓는 가풍을 한 세대 이전에 바꾸어 놓을 수 있었다. 우리 아이들이 혼인하고 아이 낳고 이름 지을 때 우리도 여러 이름들을, 아이들도 여러 이름들을 지어놓고 고르게 하였으니 부모의 절대권력, 절대독

재는 대를 잇지 않았다고 자부하고 싶다. 그런데 남편은 지금도 손자 손녀들 이름 모두가 할머니 마음대로 지은 거고, 자기는 시키는 대로 거들기만 했을 뿐이라고 한다.

네 흉터 미안하다

놀이터 사고

말을 못하면 몸짓으로 시늉이라도 했어야 했다. 그것도 못하면 미친 척하고 고래고래 소리라도 지르며 살려달라고 했어야 옳다. 놀이터에서 그네에 부딪혀 눈가가 찢어져 피를 흘리는 다섯 살배기 어린 것을 들쳐 업고 약국이 어디 있느냐고 물어서라도 뛰어야 했다. 그렇게도 못하면 위층 아파트의 문마다 다 두드리고 다니면서 눈가가 찢어진 아이의 상처를 보이면서 손짓 발짓해가며 병원으로 데려다 달라고 했어야 옳다.

바보같이 나는 아무것도 못했다. 남편은 가끔 나를 놀린다. 촌색시라고, 원주 댁이라고. 예루살렘에 간 지 얼마 되지 않아 히브리말을 못해서 그랬다는 것은 이유가 되지 않는다. 중학교 3년, 고등학교 3년, 대학교 4년, 대학원 2년 더 열거하기도 부끄러울 만큼 이 숱한 세월 영어를 필수 과목으로 배우고 원서를 읽고, 영어회화 책을 가지고 어쩌고저쩌고 했는데 영어가 공용어인 나라에서 아이가 다쳤을 때 그 아이를 데리고 응급처치도 하나 제대로 못했으니, 내가 스스로 생각해도 한심하기 이를 데 없다.

우는 녀석을 반 지하 거실로 데리고 가서 흐르는 피를 닦아주면서 겨우 지혈을 시키는 것이 고작이었다. 집안에는 발라 줄 상비약도 없었다. 막 예루살렘에 도착하여 며칠 동안 호텔과 학생 기숙사를 전전하다가 겨우 히브리대학교가 마련해 준 시내의 아파트 반 지하에서 아직 짐도 다 못 푼 상태였다.

그 잘 생긴 얼굴에 지금도 보이는 눈 옆 상처는 놀이터 사고 직후 곧바로 병원에 가서 몇 바늘만 꿰매었어도 이렇게 흉터가 남지 않았을 터인데, 언제고 성형수술을 해서 그 흉터 없애주고 싶다. 그래도 예쁘고 상냥한 여자 친구 만나 혼인하고 그 여자 친구 덕분에 군대도 잘 다녀오고 대학원 공부도 잘 마치고 독일 유학 6년에 학위도 마치고, 귀여운 아들 딸 아빠 되어 돌아온 아들이 장하다.

바일란 10번지 반 지하

남편은 학교 가고 나는 두 아이 데리고 아파트 건너편 어린이 놀이터에서 놀다가 큰 녀석이 그런 변을 당했다. 거기에서 오

래 살진 않았다. 그것은 히브리대학교의 가족 기숙사가 당시 제4
차 중동 분규 때문에 완공되지 못해서, 완공될 때까지 한두 달 임
시로 있으라고 대학이 얻어 준 아파트였다. 예루살렘 북쪽 외진
곳, 바일란 거리 10번지였다. 널따란 큰 길가에 있던 낡은 아파트
였다. 자동차의 교통량이 많아 집안 구석구석에 늘 먼지가 쌓이
는 곳이었다. 이웃들도 가난했다. 거실에서 머리 위쪽으로 난 창
을 통해 바깥을 내다보면 창밖으로 걸어 다니는 사람들의 다리가
보이고, 먼지 묻은 신발들이 보이곤 했다. 남편은 가끔 그때를 회
상하면서 네 식구가 길거리에 거적을 깔고 살던 시절이라고 회고
한다. 물론 어렵게 살았다. 그러나 꿈을 가지고 살던 시절이다. 두
사내 녀석들은, 한 해 먼저 예루살렘으로 온 아빠와 근 1년 동안
떨어져 살았기 때문에 아빠와 함께 사는 것만으로도 좋아했다.
나 또한 낯선 시댁에서 남편 없이 한 해를 용케도 버티면서 참아
왔던 터라, 비록 거적을 깔고 살아도 남편과 함께 네 식구가 사는
것이 즐겁기만 했다. 창고 같은 집이지만 아늑하게 꾸미고 한국
에서 오시는 손님들까지 초청하여 대접하면서 살았다.

이델손 가족 기숙사

전쟁도 잠시 소강상태로 접어들고 중단되었던 히브리대학교
기숙사 건축도 계속되어, 얼마 후 우리는 기브앗 차르파팃에 세

워진 가족 기숙사 '이델손' 아파트로 옮겼다. 집이 갑자기 배나 넓어졌다. 방 하나, 부엌 하나 화장실 하나밖에 없던 15평짜리 빈민 아파트에서 방 셋, 거실 겸 식당 하나, 화장실 하나, 다용도실 등이 갖추어진 30여 평짜리 호화주택으로 옮겼다. 현관에서 저 끝 방까지는 아이들이 축구를 해도 넉넉했다. 아이들은 이스라엘 국가 대표선수 8번 마르 밀리안의 이름을 부르며 히브리말로 축구 중계를 해가면서 놀았다. 두 아이에게 방 하나를 주고, 우리 부부는 오랜만에 침실을 하나 따로 가질 수 있게 되었고, 남편은 서재까지 마련할 수 있었다. 부엌도 넓고 부엌의 붙박이장에는 우리가 가진 그릇들을 다 넣고도 넉넉했다.

큰 아이 입원

하루는 아이들 목욕을 시키던 남편이 큰 아이 고환에 이상이 있는 것 같다고 하면서 걱정을 한다. 아이가 또 무슨 변이나 당하는 것 아닌가 싶어, 나는 또 가슴이 덜컥 내려앉았다. 맏손자 불알 두 쪽은 제 할머니가 그렇게 좋아하는 것인데, 그 두 개가 같은 모양 같은 크기로 제 자리에 달려 있어야 하는데 갑자기 짝짝이가 되었다는 것이다. 남편은 날 쳐다보더니, 애가 언제부터 이렇게 되었느냐고, 당신은 이것도 모르고 있었느냐고 닦달을 했다. 자세히 보니 꼭 같아야 할 두 개가, 한 개는 크고 한 개는 작다. 작은 것이 정상이고, 큰 것은 정상이 아닌 것 같았다.

다음 날 우리는 우리를 돌보는 가정의를 찾아갔다. 의료보험에
서는 각 가정마다 가정 의사를 배정해 주었다. 병원에 갈 일이 있
으면 먼저 그를 찾아야 했다. 그는 다른 병원에 의사로 있으면서
오후에는 자기 집에서 동네 환자들을 받았다. 진찰도 하고 약도
처방해 주고 더 큰 병원에 가야 할 정도라면 진단서와 함께 병원
을 지정해 준다. 아이의 고환을 진찰해 보던 의사는 한쪽 고환에
기름기가 낀 것이니 수술을 하여 고칠 수 있겠다고 했다. 하루 쉬
고 그 다음 날 우리는 가정의가 지정해 준 대로 아이를 데리고 마
카네 예후다 시장 부근에 있는 샤아레이 체데크 병원으로 갔다.

곧 입원 수속을 하고 수술 날짜를 정했다. 아이가 입원하는 것이어서 나는 보호자로서 아이와 같이 잘 준비를 다 해가지고 갔다. 이스라엘 병원을 가본 것은 그때가 처음이었다. 우리나라 병원과는 사뭇 달랐다. 입원실에는 보호자가 있을 곳이 없었다. 아무런 등급이 없었다. 특실이니, 독방이니, 2인실이니, 6인실이니 하는 그런 제도 자체가 없었다. 조금은 야전병원 같은 곳이었다. 모든 환자들이 같은 입원실에서 간호사의 간호를 받으며 치료를 받고 있었다. 걱정을 하고 있는 나에게 간호사가 와서 안심 시킨다. 자기들이 있으니까 걱정하지 말고 집에 가 있으라고 한다. 여기는 환자를 돌보는 간병인이 따로 없다. 간호사들이 자기들 환자를 각자가 맡아서 돌보아 준다. 내일 아침에 수술이 잡혀 있으니 지금 여기 보호자가 있을 필요가 없다고 한다. 수술 끝나고 나면 또 쉬어야 하니까, 아들 만나고 싶으면 내일 아침 느지막하게 와서 만나보라고 한다. 나는 마음이 안 놓였다. 이역만리 타국 땅에, 저 어린 것을 이 낯선 병원에 혼자 두고 갈 생각을 하니 눈앞이 캄캄했다. 남편은 그냥 가자고 나를 잡아끈다. "하스피틀"이 괜히 "하스피틀"이겠느냐고, "하스피탤러티"가 있으니까 "하스피틀"이 아니겠느냐고 위로한다. 신기하게도 어린 녀석이 간호사에게 홀렸는지 우리들더러 가라고 한다. 다음 날 아침에 우리는, 어린 맏아들을, 혼자서 수술까지 받은 장한 녀석을 보려고 병원으로 갔다. 어떻게 하고 있을까 궁금했다. 우리를 보고 울까, 웃을까, 어떤 표정일까? 아들은 수술을 끝내고 회복실에서 나와, 병원에서 준 장난감을 가지고 입원실에서 혼자 놀고 있었다. 며칠 더 있다가 퇴원했다. 보호자가 없이도 병원이 이렇게 환자를 잘 돌보아주기도 하는구나!

너를 사울언덕에 묻고

서울에서 1969년에 큰아들을 낳고 1971년에 작은아들을 낳았다. 남들이 하는 만큼의 입덧도 했고 남들이 하는 만큼의 산통도 겪었다. 그렇지만 별 어려움 겪지 않고 두 아들을 얻었기 때문에 난 새 생명을 잉태하고 출산하는 것에 대해서는 별 걱정을 하지 않았다.

이 아이들이 다섯 살과 세 살 때 남편이 공부하고 있는 이스라엘의 예루살렘으로 갔다. 남편이 1년 먼저 가 있었다. 남편은 떠날 때, 달랑 가방 하나만 들고 갔다. 공항에서 짐 가방을 저울에 올려놓고 허용된 무게에서 2킬로그램이 더 넘으니까 (당시 20킬로그램까지 짐을 붙일 수 있었다) 운동화를 굳이 꺼내놓고 떠났다.

먼저 가 있던 남편은 나에게 일본에서 밥솥, TV, 라디오 등을 사 오란다. 그때는 대한항공으로 서울에서 도쿄 하네다 공항까지, 거기에서 다시 다른 비행기를 갈아타고 테헤란까지, 또 다시

나는 그대로 분만실로 갔고
셋째를 일곱 달 만에 낳았다.
아이 울음소리를 듣고
나는 정신을 잃었다.
한참 후 깨어나서 보니
아들이었다.
그 녀석은 너무 일찍
세상에 나와서
인큐베이터에서
지내야했는데
그 안에서 15시간을
지난 후 거기가 싫었던지
그만 이 세상을 떠나고 말았다.
그 아이를 예루살렘 외곽에 있는
"사울언덕"에 묻고 돌아온 남편은
얼마나 크게 흐느끼며 우는지…

거기에서 AF 비행기를 갈아타고 텔아비브 공항까지 비행을 하였
다. 그렇지 않아도 아이들 몇 년간 입을 옷들이랑 신발이랑 짐이
많았는데 일본에서 비행기를 갈아타는 동안 난 생전 처음 가보
는 면세점에 들러 잘 하지도 못하는 영어로, 그가 주문한 물건들
을 샀다. 그러는 동안 두 아이는 신이 나서 공항 면세점 여기저기
돌아다니며 술래잡기를 하며 놀고 있다. 난 아이들을 잊어버릴까
겁나고 물건 챙기느라 바쁘고 정말 진땀을 빼야 했다.

　겨우 정리를 하고 비행기를 탔는데, 멀기는 얼마나 먼 거리인
가! 비행기 좌석은 얼마나 좁고 답답한가, 비위에 잘 맞지 않는

낯선 기내 음식 맛이란 또 어떤가! 오직 남편에게 간다는 것 외에 마음을 달랠 것이 하나도 없었다. 이란의 테헤란에서 다시 비행기를 갈아탔다. 그 당시 체육회 일로 유럽 출장 중이신 친정 작은 아버지(대한체육회회장을 지내신 김종렬)와 같은 비행기를 타기로 예약이 되어 있었다. 난 비행기 탑승 마지막 손님으로 남기까지 기다렸으나 작은 아버지는 보이지 않았다. 그 허탈감이란…. 비행기에 올라타니 아이들은 신이 나서 재미있게 놀면서 신기한 것은 자꾸 물어왔다. 난 탈진상태까지 와서 도저히 아이들 질문에 대답을 못해 주었고 울음으로 대신했다. 비행기가 텔아비브 공항에 착륙해서 밖으로 나오니까 그토록 기다린 작은 아버지가 거기 계셨다. 그분은 국빈으로 자가용이 비행기까지 모셔다 드리고 퍼스트 클래스에 앉아 오셨으니… 남자들은 참 무심도 하지, 여자인 작은 어머니 같았으면 분명히 이코노미 좌석으로 우리를 찾아보셨으리라.

우여곡절 끝에 예루살렘에 정착은 했는데 장학금이 한 달 생활비 100불을 넘지 못했다. 다행히 이스라엘이 먹거리에는 이중가격정책을 썼다. 생산자에게 비싸게 사 주고 소비자에게 싸게 사 먹을 수 있도록 말이다. 특히 생필품일 경우 그러했다. 그래서 빵이나 우유, 치즈, 햄, 요구르트, 야채들이 싸니까 먹고 사는 데는 여유는 없지만 옹색하지는 않았다. 이스라엘의 이런 정책이 최저 생활비로 사는 서민들에게는 참 고마운 일이었다. 그러나 한국에서 손님이 오셨다 하면 걱정이 되고 부족한 것이 드러났다. 손님들은 평생에 한 번 성지순례라고 오시는데 잘 대접해 드리지 못하는 게 죄송스러웠다. 그래서 난 이런 기도를 다 드렸다. "하나님, 우리를 찾는 손님들을 대접할 만큼 조금 더 허락해 주세요."

결국 난 예루살렘 시가 운영하는 노인복지회(Life Line for the Old)에서 일을 했다. 한국을 떠나기 전 나는 곰 인형 만드는 방법을 배웠고 그 패턴을 유용하게 쓸 수 있었다. 거기선 그래도 "모라 킴"(김 선생)으로 대우받으며 일했다. 월요일부터 금요일, 아침 10시부터 12시까지였다. 거기서 받는 월급이 또 100불이었다. 그 후 우리는 네 식구가 월 200불로 그런대로 빚내지 않고 생활할 수 있었다.

그곳에서 일하면서 나는 할머니, 할아버지로부터 사랑을 많이 받았다. 저 멀리 동쪽 조그마한 나라에서 온 젊은 여인이 자기들 노인들한테 아주 재미있고 유용한 것을 가르쳐준다면서 예뻐했다. 그곳은 노인들을 위한 일터로 노인들이 오전을 보람 있고 즐겁게 보낼 수 있는 곳이다. 집에 혼자 있으면 아프다면서, 이곳에 오면 웃고 이야기도 할 수 있어서 다들 이곳을 좋아한다. 중간에 차와 과자를 즐기기도 한다. 매일 다른 강사가 와서 하루는 이스라엘 역사 이야기, 하루는 노래, 하루는 건강 이야기, 하루는 스트레칭 같은 운동 등을 하는 다양한 프로그램이 있다. 노인들이 각자 자기의 취미에 따라 손노동으로 만든 물품들은 전시실에 전시되기도 하고 팔리기도 한다. 그 팔린 이익금은 모두 같이 나누어 가진다. 이런 곳이 있어 노인들의 삶을 지루하지 않게 하고 활력을 불어넣어 생의 기쁨과 희망을 주는 것 같아 아주 부러웠다.

1975년 추석이 다가왔다. 한국에서 연수를 온 이들 몇 사람이 우리 집으로 추석을 보내러 오겠다는 연락이 왔다. 나는 그때 임신 7개월이었다. 기숙사 구내에 있는 슈퍼마켓에서 사도 되지만 비싸니까 돈 조금 아끼려고 나는 무거운 몸으로 "마카네 예후다"라는 유대인 재래시장에 갔다. 서울의 가락시장이나 경동시장 같은 곳이다. 나는 이곳 외에도 지금 팔레스타인 해방기구의 전 의장 야세르 아라파트의 무덤이 있는, 예루살렘 북쪽 라말라 라고 하는 아랍인들이 사는 시장에도 곧잘 다녔다. 그때는 아예 등에 지고 다니는 큰 배낭을 메고 다녔다. 물론 혼자 간 것은 아니고 동네 부인 두세 명이 늘 같이 다녔다. 야채와 과일 값이 훨씬 쌌기 때문이다.

당시 그곳에는 배추라야 기다란 중국 배추밖에 없었고 무도 기다란 무밖에 없었지만 나는 김치라도 담그고 몇 가지 음식 준비를 해야겠기에 "마카네 예후다"를 간 것이다. 물건을 사들고 버스에서 내리는데 막 배가 아프기 시작했다. 그래도 물건을 버릴 수는 없고 집에 안 갈 수도 없고 참 난감했다. 우리는 전화도 없었고 차도 없었고 어떻게 연락할 수가 없었다. 그냥 무거운 물건을 들고 서너 걸음 걷고 더 이상 참을 수 없으면 물건을 땅바닥에 내려놓고 배를 움켜쥐고 쉬는 수밖에 없었다. 이러기를 수십 차례 거듭하며 이를 악 물고 집에까지 도착했다.

그랬더니 남편은 공부하다가 좀 쉴답시고 지하에 있는 탁구장에서 탁구를 치고 있는 게 아닌가! 내가 너무 아프다고 해도 침대에 누워서 좀 쉬면 될 거라며 계속 탁구만 치고 있었다. 누워서 쉬어도, 시간이 지나면 지날수록 배는 더 아팠다. 참기도 너무 힘들어서 아이들을 시켜 탁구 치며 "놀고" 있는 아빠를 불러왔다. 그이도 이제는 겁이 났는지 평소에 친하게 지내던 이스라엘 학생 아론에게 부탁하여 차를 불러 히브리대학교 대학병원 하닷사로 갔는데, 의사는 나를 진찰하더니 곧 입원하라며 아이가 곧 나오겠다고 한다. 나는 그대로 분만실로 갔고 거기서 셋째를 일곱 달 만에 낳았다. 아이 울음소리를 듣고 난 정신을 잃었다. 한참 후 깨어나서 보니까 그 아이 역시 아들이었다. 그 녀석은 너무 일찍 세상에 나와서 인큐베이터에서 지내야 했는데 그 안에서 15시간이 지난 후 거기가 싫었던지 그만 이 세상을 떠나고 말았다. 의사 말로는 심장이 아주 약했었다고 한다.

아이 이름을 무엇이라 지을까? 두 형을 두고 막내로 느지막하게 태어났으니까 귀여움은 많이 받겠지? 두 형을 키운 경험과 지혜로 더 잘 키울 수 있을 거야 하며 자못 자신 있던 여러 가지 생각들이 다 공상으로 끝나버렸다. 그 아이를 예루살렘 외곽에 있는 "사울언덕"(기브앗 샤울)에 묻고 돌아온 남편은 얼마나 크게 흐느끼며 우는지, 탁구로 나의 마음을 섭섭하게 하고 상하게 한 것이 다 용서가 되는 순간이었다. 이렇게 우리는 셋째를 당신 품으로 먼저 보내야 했다. 성도(聖都) 예루살렘에서….

공부 강요하지 않고
기만 살려주었다

임파선 암에 걸린 아이

우리 가족은 1977년 3월에 예루살렘에서 서울로 돌아왔다. 자리가 잡혀가던 그해 추석 무렵, 우리는 하늘이 무너져 내리는 충격과 혼란에 휩싸였다. 여섯 살 난 둘째 아이가 비실비실하기에 병원으로 데려갔더니, 듣도 보도 못한 임파선 암이라는 진단이 나왔던 것이다. 아이를 세브란스 병원에 입원을 시킨 우리 온 가족은 그날부터 음침한 사망의 골짜기를 걸었다. 시어머님께서는 손자를 위해 식음을 전폐하다시피 하고 다락에 올라가 밤낮을 가리지 않고 기도하셨다. 나는 길거리를 가도 그냥 가지 않고 양손을 꽉 쥐고 하나님께 매달렸다. 병실에 찾아오는 손님들은 단 한 사람도 그냥 가게 하지 않고 다 기도를 해달라고 부탁을 했다. 나 역시 병원 기도실을 열심히 드나들었다.

하부는 기도하는 중에 환상을 보았다. 내 시야 위로 45도 각도쯤 되는 곳에 예수께서 서 계셨고 그때 나는 둘째 아이를 품에 안고 있는데, 그분이 내 아기를 내 품에서 데려가시는 거 아닌가! 그러다가 잠시 후 다시 그 아기를 내게 돌려주셨다. 그런데 그 아이가 크더니 설교단에서 말씀을 전하는 목사로 변해 있었다.

이 환상을 본 후에 나는 위로를 받았다. 이 자식을 하나님께서 내게 건강한 몸으로 되돌려 주실 것이라는 확신이 들었다. 그러나 병실은 늘 나를 불안과 절망으로 몰아갔다. 암 세포가 임파선을 따라 너무 퍼져 있기 때문에 암을 수술하여 도려낼 수는 없으니 약물치료를 해 보겠다고 한다. 그런데 아이는 약을 먹기만 하면 매스껍고 울렁거린다고 하며 자주 토하곤 했다. 더욱 안타까운 것은 약을 먹고 나면 머리가 너무 아프다고 어린 것이 막 제 머리를 쥐어뜯으며 무섭게 울었다. 고통을 못 이겨 몸부림치며 우는 모습은 차마 볼 수 없는 광경이었다. 아이가 너무나 애처롭고 불쌍해서 안타깝다 못한 우리 부부는 감히 이런 기도를 드렸다.

"하나님, 우리 가정에 천사를 6년 동안이나 보내 주셔서 감사합니다. 하나님의 뜻이라면 저 아이가 더 고통스럽지 않게 빨리 데려가 주십시오, 제발. 저 고통을 차마 볼 수 없습니다, 하나님!"

병원에서는 어린 아이에게 그 약이 너무 강했던 것 같았다고 하면서 그 후에는 투약의 양을 조절하였다. 약물치료는 5년 간 계속되었다. 유치원 때 그런 일을 당했는데 초등학교 때도 줄곧 통

원치료하며 약을 먹었다. 학교에서 아이가 교실 바닥에 음식물을 토했다고 연락이 오면 한걸음에 달려가 그것을 다 치우곤 했다.

그러니 아이에게 다른 무엇을 바랄 수 있겠는가! 그냥 책가방 메고 학교 가는 것만 해도 감사하고 고마울 뿐이다. 그 아이는 아마도 공부하라는 소리를 듣지 않고 학교 생활한 학생들 중에 하나일 것이다. 다만 놀랍고 고마운 것은 고학년이 되면서 공부도 곧잘 하는 것이었다.

하루는 아이가 전축을 사 달라고 졸랐다. 사 줄 형편도 못되려니와 공부에도 방해가 될 것 같으니 조르지 말라고 했다. 그랬더니, 그럼 공부를 잘 하면 사 주겠느냐고 말하자면 자기 반에서 일등이라도 하면 사 주겠느냐고 묻는다. 우리 아이에게 그런 일은 안 일어날 것이기에 어디 그럼 그렇게 해보자고 약속을 했다. 그 학기말에 통지표를 내밀면서 일등을 했으니 전축을 사러 가자고 하여 나를 감동시키고 놀라게 했다. 고등학교 때도 반장을 하면서 공부를 꽤 하는 축에 들었다.

　　　　　　　　　　　　지구별에서 노닐다

가방을 잃어버린 아이

고등학교 때 하루는 집으로 오는데 아이가 책가방도 도시락 가방도 없이 빈손으로 들어오면서 무안하고 미안한 표정을 짓고 있었다. 자기 반 친구랑 오락실에 가서 게임을 하고 놀다가 집으로 오려고 하는데, 자기 가방이 없더라는 것이다. 어찌 세상에 이런 일이! 우리 아이가 학교에서 오다가 그런 오락실에 들린다는 것은 상상도 못했다. 거기다가 책가방마저 도시락 가방까지 몽땅 잃고 빈손으로 돌아오다니! 이럴 때 나는 이런 아이에게 어떻게 해야 하나? 미처 대책을 못 세우고 있는데, 애 아빠가 그 아이를 끌어안더니, "한식아! 가방만 없어지고 네가 이렇게 있어서 아빠는 지금 너무 행복하다. 그 가방만 있고 네가 없어졌다면 우리의 슬픔은 말로 할 수 없을 것이다. 무사하게 돌아와서 기쁘고 고맙다. 하나님, 감사합니다!" 하는 거 아닌가. 애 아빠의 생각이 옳다고 생각되었다. 가방을 잃고, 성하게 돌아온 우리 아이를 위해 나는 맛있는 저녁 밥상을 정성스럽게 차렸다. 어려울 때, 외로울 때, 힘들 때 완전히 자기편이며 자기를 이해하는 부모의 사랑을 확인하는 순간 아이들은 자신감이 넘치며 자존감이 굳세게 되는 것 같다.

또 대학 다닐 때 이런 일도 있었다. 한창 학생운동이 활발하던 시절이었다. 매일 학생데모로 경찰들이 수류탄을 쏘아대기가 바빴던 때였다. 하루는 아침에 작은아들이 "엄마, 오늘 좀, 늦을 거예요. 강경대 군 사건으로 데모가 있어요." "그래? 어디서 몇 시에 모이니?" "왜요?" "나도 같이 데모하려고." "아이, 엄마는 집에서 편하게 쉬세요." "쉬려면 공부하는 네가 쉬어야지, 오늘은 민주 엄마가 나갈 테니 너는 쉬어라." 아이는 씨익 웃으면서 학교로 갔다.

밤 11시경에야 들어오는데 얼굴이 온통 최루탄 화약에 벌겋게 부어 있었다. 저녁도 못 먹었단다. 나는 "이렇게 장한 일을 하고 오는데 저녁도 못 먹었어? 빨리 씻어라. 그동안 엄마가 맛있게 밥 차려놓을게."

그 다음날 아이가 학교 가서 이런 저런 이야기를 하다가 자기 엄마 이야기를 했다고 한다. 다른 친구들이 너무 신기하게 들으면서 자기들은 아침마다 엄마가 "데모하기만 하면 집에 못 들어올 줄 알아라, 데모만 하면 등록금 안 준다"는 등 자기들을 이해 못하는데 너의 엄마는 어떻게 그럴 수 있느냐고 엄마 구경 한 번 하자며 우리 집에 왔다. 나는 맛있는 것 많이 준비해서 그들을 맞았다. 그때 참석했던 여학생 중에 한 명이 지금 우리의 둘째 며느리다. 둘째 며느리는 한식이도 물론 좋았지만 자기가 결혼까지 마음먹게 된 이유 중에 큰 부분이 아버지, 어머니가 좋아서였다고 몇 번씩이나 고백하고 있다.

목사가 된 아이

둘째 아들이 대학 갈 때 신학을 하라거나 목사가 되어야 한다고 하지 않았다. 우리는 "네가 선택해라. 엄마 아빠는 우리 아들이 다니는 학교가 어떤 대학이든지 최고의 대학이라고 생각한다"라고 늘 말해 왔다. 둘째는 연세대학교 사회사업학과를 졸업하고 미국 샴페인에 있는 일리노이주립대학교에서 같은 분야의 석사를 했다. 거기서 교회생활을 재미있게 하며 그 교회 목사님의 영향을 받았는지, 하루는 전화로 물었다. "엄마, 나 아무래도 신학을 해야 되겠어요. 괜찮겠지요? 엄마는 어떻게 생각하세요?" 아이가 갑자기 왜 그러나 싶었지만 나는 얼떨결에 "괜찮고 말고가 어디 있냐? 네 앞길은 네가 결정하는 거지. 신학을 하겠다면 우리도 네 결정을 환영한다. 네가 하기만 하면 우리는 적극적으로 후원해 줄 테니까 해라."

아이는 몇몇 신학교에 지원서를 보낸 것 같다. 결국, 그 아이는 시카고에 있는 게렛신학교에서 목회학 석사(M. div)를 하는 3년 동안 장학금을 받아서 공부를 마쳤다. 지금은 루마니아 한인교회에서 목회하고 있지만 당시 미국연합감리교회의 목사가 되어 시카고 남쪽에 위치한 브랜딘스빌에서 미국인 교회와 한국인 교회 두 곳을 맡아서 일했다. 매주 영어와 한국어로 설교했으니 나의 환상에서 본 그 모습이 현실로 이루어진 셈이다. 미국 가서 그 아이의 설교를 듣고 있으면 너무 대견하고 자랑스러웠다. 천사의 음

성을 듣는 듯 순수하고 깨끗하고 신선한 설교였다.

　어릴 때부터 자녀들을 충분히 사랑하고 인정하고 또 인격적인 대우를 해 주는 것이 자녀를 책임감 있고 자존감 있는 여유 있는 품성을 키우는 것 같았다. 모든 엄마들이 자녀를 사랑하는 마음이야 나보다 못한 이가 어디 있겠는가마는 공부하라고 강요하는 대신에, 자신이 충분히 사랑을 받고 있다는 자신감을 불어넣어주는 것이 얼마나 중요한 것인가를 생각하게 된다.

　　　　　　　　　　　　　　　　지구별에서 노닐다

내가 웃는다

어머니는 뱃속에서
동그랗게 나를 품고
생명을 주었습니다

병실에서 숨이 잦아드는 나를
어머니는 동그랗게 안고

살려 주었습니다
어머니는 둥그런 땅
생명을 주는 땅입니다

남자들 틈에서

매 맞고 효자 될래?

개구쟁이 사내 녀석을 그것도 둘씩이나 키운다는 것은 누구에게나 보통 힘든 일이 아니다. 오죽하면 "지지리 복도 없는 년이 딸도 없이 아들 녀석만 키우는 팔자"라는 말이 나왔을까. 장난이 너무 심하니까 집안에 제대로 남아나는 가구가 없다. 따라다니며 큰 소리 치다보면 목이 쉰다. 세탁기가 없어서 손으로 빨래하던 시절, 매일 더러워지는 청바지와 운동화 빨기란 보통 일이 아니었다. 여자아이들처럼 가만히 앉아서 책도 읽고 그림도 그리고 그러지를 못한다. 만지고 던지고 뛰고 움직여야 한다.

우리는 아이들을 되도록 때리지 않고 키우려고 애썼다. 성경에도 "사랑하는 자녀에게 매를 들라"했고 우리나라 속담에도 "매 끝에 효자난다"라고 했는데 "아들들아, 너희들은 매 맞고 효자 될래, 매 안 맞고 효자 될래?"라고 물어보았더니 아이들은 물론 매 안 맞고 효자 되겠단다. 그래서 어려서부터 아이들의 의견을 존중했고 인격적인 대우를 해 주며 키웠다고 감히 이야기한다.

그런데 우리 큰 아이가 나와의 약속을 안 지키고 말았다. 나는 너무 화가 나서 아이를 앉혀 놓고 야단을 치고 있는데 그이가 들어오더니 내용도 모르면서 내가 화가 나서 아이 야단치는 것만 보고 "당신 왜 그래. 어디 정신에 이상이 생겼어?" 하면서 자기 손을 머리 위로 빙글빙글 돌리는 것이 아닌가! 나더러 미치지 않았냐는 듯이, 그러면서 집게손가락과 가운데손가락을 V자로 펴 보이면서, 그리고 엄지손가락과 약손가락과 새끼손가락은 다른 손으로 가리고서, 나보고 V자로 뻗은 손가락 두 개를 보이면서, 이거 몇 개냐고 묻는다. 난 화가 나서 "다섯 개"라며 크게 소리쳤다. 그랬더니 그이가 "경식아! 너의 엄마 너무 너무 용하다. 아빠가 손가락 세 개는 이렇게 감추고 두 개만 보였는데 그 감춘 것까지 알고 글쎄 다섯 개라고 한다. 그치? 너의 엄마 용하지?"라고 말하는 바람에 우리 모두는 웃어버렸다. 그 후 그는 아들만 데리고 조용히 타이르곤 했다.

"설거지해 줄까?" "아니. 설거지해서 너 가져!"

아이들이 아직 어렸을 때다. 어느 날 손님들이 가고, 부엌에는 설거지거리가 수북이 쌓였다. 남편에게 부탁했다. 저쪽에서 당신이 비누칠하고 이쪽에서 내가 헹구면 아주 쉽고 빨리 설거지 끝낼 수 있으니까 좀 도와달라고. 그런 나에게 남편은 설거지 걱정은 아예 하지 말고 안방 가서 쉬라고 한다. 비누칠하는 것 뿐 아니라 헹구는 것도 다 자기가 알아서 할 터이니 일단 부엌에서 나가라고 한다. 그러더니 "아이들아~"하면서 두 아들을 부른다. "한 녀석은 이쪽에서 비누칠하고 한 녀석은 저쪽에서 헹구도록 해라." 두 아이들에게 앞치마를 입히고 설거지를 시킨 후 자기는 그 뒤에서 뒷짐을 지고 서 있는 게 아닌가! 아니 어른이 몸소 행동으로 보여서 모범이 되어야지 어린 아이들에게 시키기만 하면 어쩌느냐고 투덜댔더니, 남편이 말한다.

"나는 아무래도 교육자인가 봐 (그때 그는 교수였으니까). 비록 내가 일일이 행동으로 실천은 못해도, 좋은 일이라고 생각이 들면 시키기라도 해야지."

못 말리는 남편이다. 외국인이 보았으면 어린이 학대로 고발하지나 않았을까 걱정되는 순간이었다. 남자아이들을 어려서부터 부엌에 들여보내 엄마의 일을 도와주는 일을 하게 한 것은 아주 잘한 일인 것 같다. 결혼한 두 아들은 설거지를 아주 자연스럽게 잘 해낸다.

그런데 요즘 젊은이들은 우리와는 사뭇 다르다. 하루는 남편 회사에서 근무하는 직원이 웃으며 이야기하더란다. 엊저녁에 저녁식사 후 자기 아내에게 "설거지해 줄까?"하며 큰 마음먹고 인

심 쓴다 싶게 아량을 베풀
었는데 그 아내 하는 말이
"설거지해서 주기는 누굴
주냐? 설거지해서 너 가
져!" 그러더란다. 살다 살
다 이렇게 통쾌한 말은 처
음 듣는다. 요즘 젊은 주부
들 정말 대단하다! 나는 상
상도 못하던 일이다. 그 부인
에게 큰 박수를 보낸다.

비록 엄마가 무식해도

　남편의 안식년에 우리 가족은 미국에서 살았다. 큰 아이는 고
등학교 1학년, 작은 아이는 중학교 2학년에 전학하였다. 조지아
주 아틀란타에서 1년간 살면서 온 가족이 여행을 자주 다녔다.
아이들이 학교 수업에 빠지는 것을 허락받으려고 아이들 학교
에 갔다. 선생님은 여행하며 보고 느끼고 경험하는 것이 교실 수
업보다 더 좋은 일이라며 기꺼이 허락해 주어서 우리를 놀라게
했다.
　워싱턴 디시에 있는 스미소니언박물관에 들렀을 때였다. 사진

을 많이 찍었다. 나하고 남편이 서 있으면 아이들이 찍고, 나하고 아이들이 서면 남편이 찍고, 온 가족이 다 함께 서면 다른 사람에게 셔터를 눌러 달라고 부탁했다. 그런데 남편이 아이들 하고 서서 나에게 카메라를 건네주며 사진을 찍으란다. 난 한 번도 카메라를 가지고 사진을 찍어본 일이 없기 때문에 별로 신경도 안 쓰고 남들이 하는 것처럼 셔터 비슷한 것을 눌렀다. 그런데 이게 웬일인가! 쏴악 하며 필름 돌아가는 소리가 한참 나더니 딱! 하고 멈춘다. 몇 방 찍지도 않았는데, 새 필름이 그냥 다 돌아가 버리고 말았다. 박물관 안에서는 마땅히 필름을 살 데도 없고 밖으로 나올 수도 없고 남편은 막막한 표정이다. 아니, 화가 잔뜩 난 눈치다. 누가 안 보면 한데 쥐어박기라도 하고 싶은 심정이었겠지. 그런데 이게 웬일인가! 남편이 아이들에게 말한다.

"아이들아! 너희 모친이 비록 이렇게 무식해도 너희는 너희 모친을 절대로 무시하면 안 된다. 엄마가 무식하면 무식할수록 배로 존경을 해야 한다! 알겠느냐?"

아이들은 서로 눈치를 살피더니, 안심한 듯, "네, 말씀하신 대로 그렇게 하겠습니다." 하고 대답한다. 그 후 남편이 "아이들아!" 하고 부르기만 해도 우리 아들들은 "네, 아빠! 엄마를 존경하겠습니다"라고 고개를 숙여 순종의 뜻을 보인다.

흉보면 너도 그렇게 돼!

당시 미국에는 비만 여성들이 굉장히 많았다. 여행하다가 벤치에 앉아서 쉬고 있는데 두 녀석은 지나가는 비만 여성들을 구경하며 재미있어 한다. "형, 저 아주머니 진짜 뚱뚱하지?" "아니 저 누나가 더 뚱뚱한데 뭐." 이런 식으로 지나가는 사람들을 흉(?)보고 있었다. 남편은 아이들에게 타이른다.

"너희들 사람 흉 그렇게 보다간 너희한테 그런 사람 걸린다. 사람 흉보는 거 아니다."
"그럼 아빠는 엄마 무슨 흉 본 거예요?"
"야, 흉을 본 건 아니지."
"어떻게 아빠한테 엄마가 걸려들었냐고요?"
"엄마 원주 여자 아니냐. 원주 여자 흉 봤지. 원주 여자하고는 절대 결혼 안 하겠다고."
"왜요?"

남편은 ROTC 제 1기생이다. 광주에서 초등군사반 교육을 마치고 야전군사령부가 있는 강원도 원주로 신고하러 왔더란다. 200여 명의 장교들이 저녁에 원주역에 도착하여 막 밖으로 나오는데 여자들이 우르르 몰려들면서 "오빠, 같이 가요." "오라버니, 놀다 가시지요." 하며 붙잡더란다. 그 청을 뒤로 하고 여관 잡고 짐 풀고 저녁 먹은 후에 달리 할 일도 없고 하여 또 떼를 지어 군인극장에 갔더니 "오빠, 나도 데리고 들어가!" 하며 막 달라 붙더라나? 그때 이 남자는 앞으로 절대 원주 여자하고는 결혼을 하지 말아야지 하고 결심했단다. 그런데 바로 원주 색시한테 장가들었으니 흉보다가 그대로 된 거지.

당신 곁에 평생 있을 사람

남편이 감리교신학대학의 전임 강사로 있을 때다. 1970년대 초. 그 당시 월급이 33,000원이었다. 아이들이 어리니까 병원에 드나드는 일이 자주 있었다. 그때 동네병원 인심이 좋았다. 돈이 없어서 외상으로 병원 다니고 월급 타면 갚곤 하였다. 그때는 아이들 우유도 마음대로 못 사 먹였다. 가끔씩 우유를 사서 아이들에게만 주는 그런 생활이었다.

하루는 분명히 우유를 사서 냉장고에 넣어 두었는데 아이에게 주려고 찾았으나 없다. 남편밖에 철(?)없는 짓을 할 사람이 없으니까 왜 먹었느냐고 다그쳤다. 다 큰 어른은 보리차 마셔도 되지만 자라나는 아이들은 우유를 꼭 마셔야 하는데 우유가 없으니 어쩌냐고 막 속상해 했다. 남편이지만 아주 얄미웠다.

그런데 그 철없는 남편 하는 말 "저 녀석들 그렇게 키워 놓아도 이 다음에 다 크고 나면 다른 여자들한테 갈 놈들이고 당신 곁에 평생 남을 사람은 남편이야. 너무 속상해 하지마."

그때 정신이 번쩍 났다. 그리고 그 말을 지금까지 되씹곤 한다. 아이들 우선으로, 아이들 위주로 살아 왔던 것이 잘하는 일만은 아니란 생각이 들었다. 너무 아이들 중심으로 살면 이 다음에 커서 다른 여자에게 뺏겼다는 섭섭한 마음이 생길거란 생각이 들었다. 아이들이 건전하게 판단하고 바르게 행동하도록 옆에서 돕는 정도로 키워야겠다는 마음이 들었다. 과잉보호는 나뿐만 아니라 아이들에게도 좋지 않은 영향을 미친다.

아이들의 여자 친구들

흑인 며느리?

가끔은 혼자 어떤 며느리를 볼 것인가를 생각하곤 했다. 그 때마다 남편은 그건 본인들이 알아서 할 일이지 부모가 간섭할 일이 아니라고 내게 핀잔을 주곤 했다. 나도 결국은 지금의 남편과는 연애결혼을 하였으니까 두 아들을 내 뜻대로 결혼시키겠다고 나설 처지는 못 되었다. 그러나 남편 말을 듣고 보니, 며느리 고르는 재미는 진작 포기해야 할 것 같아서 섭섭하기도 했다. 사실 사내자식들이 다 크도록 제 짝을 못 맞난다면 그것 또한 부모의 걱정거리가 아닐 수 없을 것이다.

지금은 우리도 생각이 좀 달라지긴 했지만, 아이들이 아직 어릴 때 우리 부부는 인종이 다른 결혼에 대해서는 주저하는 편이었다. 1980년대 후반에 우리 가족이 미국의 남부 조지아주 아틀

지구별에서 노닐다

란타에서 한 해를 산 적이 있다. 그때 아이들이 그곳에서 작은아이는 중학교, 큰아이는 고등학교를 다녔다. 두 녀석 중에 어떤 녀석이었는지는 기억이 잘 나지는 않으나 하루는 아이들이 집에 흑인 남자 친구를 데리고 왔다. 그 아이가 재미있게 놀다가 간 다음에 우리 부부에게는 작은 걱정이 생겼다. 여기에 있는 동안 아이들이 흑인 여자애들과 사귀게 되고, 사랑하네 뭐하네 하면서 죽자사자 결혼하겠다고 하면 어쩌지 하는 데에 생각이 미쳤다. 남편도 말로는 비록 아이들이 흑인이나 다른 인종 여성과 결혼을 하겠다고 할 때 인종이 다르다고 반대할 수는 없다고 하면서도 내심 유쾌한 기분은 아닌 것 같았다.

하루는 남편이 아이들을 앉혀놓고 뭔가를 말하고 있었다. 옆에서 듣자하니 사춘기 아이들에게 다인종 사회에서의 이성 교제에 관한 교육을 시키고 있는 것 같았다.

"폭넓게 친구들 사귀어라. 교회에서 만나는 한국 친구들만 말고, 너희 학교에 있는 여러 인종의 친구들과도 친하게 지내란 말이다. 남녀를 가리지 말고 말이다. 그러나 남녀 관계는 퍽 신중해야 한다. 그것은 결혼으로까지 발전할 수 있기 때문이지."

"아빠, 여기서는 애들이 학교에서도 서로 끌어안고 뽀뽀한다." 작은애가 아빠 말을 끊고 끼어든다. "참 이상해. 아이들이 노는 시간에 벤치에 앉아서 서로 뽀뽀해. 그런데 더 이상한 게 뭔지 알아? 아무도 그걸 보는 사람이 없다는 거야, 나 말고는."

"아마 다 그런 건 아닐 거다. 아빠가 말하려는 것이 바로 그거다. 너희들은 여기에서 살 아이들이 아니고 아빠의 안식년이 끝나면 다시 우리나라로 돌아갈 아이들이지. 중고등학교 시절에 우리가 학교에서 어떻게 친구를 사귀어야 하는 지에 관해서는 우리에게는 우리 나름대로의 예절이나 에티켓이 있어. 나는 너희들이 미국 아이들의 그런 것을 배우라고 말하고 싶지는 않다. 오늘 아빠가 너희에게 말하려는 것은, 아직 한참 후의 일이긴 하지만, 너희들의 결혼에 대해서 우선 한마디 해두고 싶은 것이 있어서다. 너희의 평생 반려자는 너희가 찾아라. 아빠나 엄마는 너희의 짝들을 찾을 의무도 권리도 없다. 다만 너희 아빠나 엄마의 간절한 소원이 있다면 남들처럼 평범한 결혼을 하라는 것이다."

"아빠는 여성신학 쪽에 서있고 인종차별 반대하니까 우리가 흑인하고 결혼한다고 해도 반대하지는 않겠지요?"

큰놈이 나선다.

"흑인이든 백인이든 홍인종이든 너희들이 국제결혼을 한다고 할 때 우리는 못 말린다. 다만 바라기는 너희가 한국에서 살 것이라면 한국인 여자 친구들 중에서 너희들의 짝을 만났으면 좋겠다는 것이다."

아이들은 아빠가 설교 시간에 하는 말도 있고, 평소 삶의 태도에서도 성차별이나 인종차별을 반대하는 것을 알기 때문에 우리의 의중을 곧바로 알아차렸다.

결혼 허락?

작은아이가 대학시절에 자기 과에서 여자 친구를 만나서 사귀더니 하루는 머리에 피도 안 마른 녀석이 갑자기 장가를 가겠다고 하면서 허락해 주겠느냐고 묻는다. 놀란 나는 다그쳐 물었다. "뭐라고? 결혼하겠다고? 언제? 누구랑? 뉘 집 딸이냐? 부모님들은 뭐하시고?" "엄마, 찬찬히 물어요. 엄마도 보셨어요. 내가 뭐 많은 여자 애들 하고 사귀는 것도 아니잖아요. 지금 만나고 있는 우리 과 그 애하고요." "아, 지은이 하고 결혼하겠다고? 너 지금 내게 그 결혼을 허락해 달라고 했니? 허락이고 뭐고가 어디 있냐? 너희들이 아주 특별한 관계로 만나고 있는 줄 벌써 엄마도 눈치채고 있었는데, 넌 엄마가 너희들의 결혼 허락해 주지 않을 것이란 생각도 했었단 말이냐?" "아뇨. 반대는 안하시겠지만, 또 이렇게 흔쾌히 곧바로 허락해 주실 줄은 몰랐어요." "애, 난 허락 정도가 아니라, 너희들 결혼 추진하는 후원회 회장 노릇도 하고 싶다." 작은놈이 달려와 제 엄마 목을 끌어안고 볼에다가 뽀뽀를 한다.

이 이야기가 그 여자 친구에게 왜 곧바로 전해지지 않았겠는가! 그 후에 그 여자 친구는 나를 더 따르고 좋아했다. 역시 오고 가는 교감이 좋다. 만일 내가 딴 생각을 품고 반대하는 결혼을 하기라도 했다면 우리 아들 마음고생은 어떠했겠으며 그 여자 친구는 나를 또 얼마나 어려워하며 속을 앓았겠는가! 우리 아들이 택

한 여자니까 사랑해야지, 그런 여성을 만나라고 아들을 그렇게 키운 것이 바로 나니까, 건전하게 판단하고 책임질 줄 아는 그런 아들로 올바르게 크도록 지켜보아 온 것이 바로 나니까 나를 믿어야지 하고 다짐했다. 결국 그런 믿음과 다짐은 좋게 보상을 받았다.

며느리들이 사랑스러울 때

요즘 며느리 중에는 시집살이가 싫고 시댁이 싫어서 "시"자가 들어가는 것이면 무조건 싫어하는 이들이 있다고 한다. 그래서 처녀 때 그렇게 잘 먹던 시금치도 안 먹고, "시"자가 들어 있다고 시청도 빙 돌아서 간다고 한다. 그 이야기를 했더니 우리 작은며느리는 "그럼 난 시금치 더 많이 먹어야지" 그런다. 시어머니는 이 말 한 마디로 행복해진다.

시부모가 쓰던 물건도 싫어하는 며느리들이 있다. 그런데, 독일에서 오래 살던 큰며느리가 귀국하기 전 일이다. 우리가 이사를 할 일이 있어서 가재도구며 생활 집기를 좀 버리고 간다고 했더니, 큰며느리 말이, 하나도 버리지 말고 창고에 좀 보관해 두란다. 자기들이 와서 다 쓴고. 아무리 좋은 물건이라도, 시어머니가 싫으면 시어머니가 쓰던 물건도 싫을 터인데, 그래서 며느리가 더 사랑스럽다.

지구별에서 노닐다

며느리만 편든다

며느리와 아들이 싸우면 나는 무조건 며느리 편이다. 이것은 두 아들이 결혼하기 전부터 내가 아들들에게 한 다짐이다. "얘들아, 너희들이 결혼해서 부부싸움 하게 되면 엄마는 무조건 너희 색시들 편을 들테니까 그런 줄 알아라." 큰 녀석 말이, "어머니, 그것은 말이 안 되지요. 잘잘못을 가려야지요. 싸움이란 것이 어느 편인가가 잘못해서 일어나는 건데, 우리가 싸우면 어머니가 잘잘못을 가려 주셔야지, 어머니가 여자라고 무조건 여자 편을 드시면 안 되지요." 그런다.

"얘, 아들아, 모르는 소리 말아라. 잘 들어라. 여자가 결혼할 때는 자기 부모형제 다 떠나서 남편 하나 보고 시집을 오는 거다. 아직은 그렇다. 그런데 그런 여자가 남편하고 싸우면 혼자서 얼마나 외롭고 속상하겠냐! 그런 뜻에서 나는 무조건 약자 편에 선다 이거지. 나

내가 웃는다

도 안다 알아. 무조건 약자 편에 선다는 것이 문제가 있다는 것. 그러나 부부싸움, 그거 별거 아니다. 아주 사소한 것으로 시작하지. 이렇게 보면 이렇고 저렇게 보면 저렇고. 결국 그렇게 하는 것이 너희들에게 좋게 돌아갈 거다."

　지금도 우리 며느리들은 시어머니 앞에서 저희들 남편 흉보거나 욕한다. 내가 저희들 편인 줄 아니까 숨기는 게 없다. 그러면 남편이나 나나 덩달아 아들들을 나무란다.

어머니는 둥그런 땅

둥그러미

어머니,
블랜딘스빌에서 매콤으로 가는 길에서는
세상이 둥그렇게 보입니다

나무들이 땅의 살갗 위에
솜털처럼 나 있을 뿐, 동서남북이
하나로 이어지는 둥그러미입니다

지난 여름 뵈었던
점점 젊어지는 어머니를 보면
삶도 둥그러미인가 봅니다

육십을 향하여 가는 어머니는
어떻게 다시
원점으로 돌아가는 듯합니까

어머니는 뱃속에서
동그랗게 나를 품고
생명을 주었습니다

병실에서 숨이 잦아드는 나를
어머니는 동그랗게 안고
살려 주었습니다

어머니는 둥그런 땅
생명을 주는 땅입니다

어머니의 영상(映像)

내 사진 속에
어머니가 있다

잔잔한 내 미소는

어머니의 환한 웃음의 여운

두툼한 내 손은
내가 어머니의 아들이라는 증거

어머니를 품고 사는 아들은
이렇게 늙어 가는데
내 안의 어머니는
세월이 갈수록 젊어진다

아들은 이미
어머니 안에 있었고
어머니는 아들 안에
현묘하게 스며있어

내 사진 보면서
어머니를 만난다

　위 두 편의 시는 어느 해인가 어머니 날에 내가 둘째 아들에게
서 받은 최고의 선물이다. 유치원 다닐 나이에 임파선 암에 걸려
모두들 죽는다고 했고, 우리 역시 "하나님, 아이가 저렇게 고통스
러워하는 것을 못 보겠습니다. 하나님께서 저 아이에게나 우리에

게 자비를 베푸신다면 저 아이 빨리 데려가 주십시오." 하고 기도
했던 바로 그 아들이 장성하여 이 어미에게 써준 시다.

나는 누구인가

나는 어떤 사람인가? 내가 누군지 나는 어렴풋이 안다. 그러
나 다른 사람들에게 비친 나의 모습이 어떤 것인지 궁금할 때가
있다. 우선 두 아들과 두 며느리가 날 어떻게 보는지 물어보았다.
"너희들, '어머니' 혹은, '김명현' 하면 떠오르는 낱말이 뭐냐?" 넷
다 비슷비슷한 인상을 말한다. 아이들더러 인상을 낱말로 말해보
라고 했더니, "웃음, 기쁨, 행복, 평등, 자유, 만족, 옷, 돈, 해바라
기…" 등을 나열한다. 내가 나의 친정어머니나 시어머니를 연상
하면 떠올리는 낱말들 곧 "희생, 봉사, 근검절약, 검소, 복종, 솜씨,
믿음…" 등과는 사뭇 다르다. 시대가 변해서 어머니 상이 변한 것
인지 개성 때문에 달라진 것인지 헷갈린다.
손자가 돌이 지나면서 겨우 말 몇 마디를 흉내 낼 때, 나는 그
아이를 안고 눈을 맞추면서 "내가 누구야?" 그러면 "함미" 그런
다. 나는 그 소리도 듣기가 좋아서 자꾸만 "병윤아, 나 누구야?"
하고 물으면, 남편이 옆에서 핀잔을 준다. "내가 누구냐고? 소크
라테스나 하는 그런 철학적 질문을 저 어린 젖먹이에게 하다니,
당신 믿음 한 번 좋구먼. 하기야 예수께서도 어린 아기와 젖먹이

어머니는 뱃속에서
동그랗게 나를 품고
생명을 주었습니다
병실에서 숨이 잦아드는 나를
어머니는 동그랗게 안고
살려 주었습니다
어머니는 동그런 땅
생명을 주는 땅입니다

가 기성세대도 못하는 하나님 찬양을 완성한다고 했으니, 손자에
게 계속 물어봐. 저 녀석이 당신에게 '내가 누구냐?' 하는 근본적
인 질문에 어떤 계시라도 전해 줄지 모르지. 함미!"

똑같은 나를 두고 (정말 내가 똑같은가? 나도 잘 모르겠다!) 어떤 이들은
좋게, 또 어떤 이들은 나쁘게 말한다. 스스로 생각해 봐도 내 안에
는 그런 두 면이 다 있는 것 같다. 아니, 어느 가수의 노랫말에 나
오듯 내 안에 내가 한 둘이 아니고 너무나 많은지도 모르겠다. 그
많은 나 가운데서 어떤 것이 진짜 나인지 모르겠다. 어떤 말을 하
고 싶어서 해 놓고도 금방 그것을 후회한다. 말하는 나와 후회하

는 나가 다른 것 같다. 물보다 피가 진하다고 했던가. 피를 나눈 부모 형제자매 사이에서도 어떤 말은 돌이킬 수 없는 불행을 자초한다. 천륜관계에서도 이러하거든 하물며 인륜관계에서는 더 말할 것도 없다. 이미 바울 사도께서도 하신 말씀이지만 무언가를 원하는 나와 그것을 반대하는 나가 공존한다. 말 실수에서 나는 나의 자아분열을 체험한다.

동그랗게 생명을 품은 어머니

우리말 "동그랗다"는 아주 동근 모양을 말하는 형용사다. 같은 뜻이지만 그 크기가 클 때는 "둥그렇다"라고 말한다. 아들의 시에서 "동그라미"와 "둥그러미"의 차이를 알았다. 동그랗게 임신하고, 동그랗게 안고 다니고…. 아들이 어머니에게 선사한 앞의 두 편의 시 내용에 담긴 고백은 어느 아들들이나 어머니들에게 할 수 있는 고백일 것 같다. 죽음의 세력에 맞서서 생명을 품고, 생명을 운반하고, 죽어가는 모든 것들이 어머니의 손길이 닿으면 소생하는 것을 체험하는 이들이 어머니들이고 여성들이다.

어머니는 늙어가지만 아들 속에서 살고 있는 또 다른 어머니는 동그라미처럼 시작도 없고 끝도 없어서 늙지도 않고 젊지만도 않고 시간을 영원히 넘나들면서 아들이 어머니를 회상할 때마다 아들이 생각하는 그 나이로 바뀌는가 보다.

이렇게 행복해 하는 나를 보고 남편은 곧잘 나를 놀린다. 자기는 틀림없이 구원을 받는단다. 이유를 물으면 으레 그가 하는 말이다. "하나님의 따님이신 당신을 만나서 평생 잘 모셨으니, 그것 하나만으로도 하나님께서 내게 큰 상을 주시지 않겠소?" 그러면서 나도 쌓은 공로가 많으니 구원을 받을 것이 확실하다고 한다. "내가 무슨 공로를 쌓았는데?" "무슨 공로라니. 당신이 얼마나 많은 당신 친구들에게 희망과 용기를 주었게." "무슨 희망?" "우리 결혼할 때부터 당신 친구들이 당신을 보고 늘 말했잖아. '어머 저런 애도 시집만 잘 간다 애' 이렇게 말하면서 당신보다 훨씬 더 시집 잘 갈 거라는 희망을 가졌을 터이니, 그것이 당신 공로지!"

별들의 숲

하루는 신세계 백화점 옆
회현동 지하상가를 지나가게 되었다.
워낙 옷을 좋아하는 나는
예쁜 옷들이 즐비한 상점을
그냥 못 지나가고 구경을 하면서
"어머 이것 예쁘다, 저것 예쁘다"고
군침을 삼키고 있는데
그이가 나를 막 끌고 가면서 하는 말이
"당신은 안 입는 것이 제일 예뻐."

하임이 첫돌

아기 예수

아기는 자라나면서 튼튼해지고,
지혜로 가득 차게 되었고,
또 하나님의 은혜가 그와 함께 하였다.

《새번역》눅 2:40)

우리 주님 예수의 어린 시절을 묘사한 글이다. 아기 예수는 팔
레스타인의 척박한 환경에서도 튼튼하게 자란 것 같다. 어릴 때
부터 슬기로웠다고 한다. 늘 하나님의 은총을 듬뿍 받고 자랐다
고 한다. 예수께서 사랑하신 이 땅위의 어린 아이들이 다 이렇게
자라기를 빈다.

어머니와 아들, 야베스의 경우

구약성서 역대하 4장에 다음과 같은 구절이 있다.

야베스는 그의 가족들 중에서 가장 존경을 받았는데,
그의 어머니는 고통을 겪으면서 낳은 아들이라고 하여
그의 이름을 야베스라고 불렀다.

《새번역》역대상 4:9)

이 구절을 듣거나 직접 읽을 때마다 고개를 갸웃거리지 않을
수 없었다. 의문 나는 것이 몇 가지가 한데 얽혀 있었기 때문이다.
뭐 이런 어머니가 다 있지? 아무리 애 낳을 때 산고에 시달렸다
고 해도 어떻게 사랑하는 제 자식에게 임산부가 겪는 해산의 고
통을 연상시키는 이름을 지어줄 수 있단 말인가! 남들이 자기 아
들 부를 때마다 "아이고 아파라, 아이고 아파라!" 이렇게 불러주
길 바라고서 이름을 히브리어로 "야베스"라고 짓지는 않았을 것
아닌가!
　그 어머니도 이상하지만 그 아들도 어머니 못지않다. 그의 기
도의 핵심이 너무나도 이기적이고 기복적이기 때문이다.

　야베스가 이스라엘 하나님께
　"나에게 복에 복을 더해 주시고,

내 영토를 넓혀 주시고,

주님의 손으로 나를 도우시어 불행을 막아 주시고,

고통을 받지 않게 하여 주십시오."

하고 간구하였더니,

하나님께서 그가 구한 것을 이루어 주셨다.

《새번역》 역대상 4:10)

그는 하나님께 자기가 받는 복에 복을 더 얹어주시고, 자기의
영토를 더욱 넓혀주시고, 온갖 불행을 막아주시어서 자기가 고통
을 받지 않게 해달라고 하나님께 빌고 있다.

생명 잉태의 체험

누구나 다 아는 일이긴 하지만 여성이 아기를 임신하고 출산하
는 일이 어디 쉬운 일인가! 간혹 입덧으로 고생하지도 않고 쉽게
순산하는 이들도 있지만 임신부들 대다수는 임신 기간 동안 다들
힘들게 지낸다. 임신 기간 동안 꼬박 제대로 먹지도, 잘 움직이지
도 못하는 이들도 있다. 나 같은 경우는 밥 냄새 나는 것도 싫고
석유 냄새 나는 것도 싫어서 (석유난로에다 밥을 해 먹던 시절도 있었다.) 식
사 때만 되면 걱정이 태산이었다. 어떤 핑계를 대서라도 하루 한
끼니는 육개장으로 매스꺼운 속을 달래야만 했다. 그래야 구토를

참을 수 있었으니까.

아기를 낳을 때는 더 공포에 질렸다. 정말, 하늘이 노랗게 보였
다. 어떤 이는 남편의 머리카락을 잡아당겨 다 뽑기도 하고, 어떤
이는 심하게 이를 악물어서 해산 후에 이가 흔들리기도 한단 말
을 들었다. 그리고 보니, 나는 너무나 힘들어서 짐승처럼 방을 기
어서 빙빙 돌곤 했던 것 같다. 오죽하면 첫 아이를 출산한 다음에
다시는 애를 갖지 않겠다고까지 다짐했을까!

역대상 4장에 나오는 이 어머니 역시 오죽이나 산고에 시달렸
으면, 자식을 낳아서 이름을 "야베스(산고)"라고 지었을까? 한편으
로는 이해가 전혀 안 되는 것도 아니다. 비록 나는 그렇게 못했지
만 이 여성은 자기 아들에게 여자의 해산의 고통을 기억시켰다.

이 여인은 아들에게 어머니들의 산고를 당연한 것으로 여기지 말라고 하는 강력한 호소와 주문을 하고 있다. 이 세상 모든 사람들이 여인의 고통을 통해서 자신들의 생명을 누리는 것인 줄이나 알라고 절규하고 있다.

달리 생각해 보면, 야베스가 한 기도도 이해가 된다. "산고"나 "고통"의 뜻을 지닌 이름 "야베스"가 자신의 삶을 지배해서는 안 되겠다는 강한 의지에서, 고통을 받지 않게 해 달라는 기도이고, 남들이 다 저주받은 이름을 지니고 있다고 생각했겠기에 복에 복을 더해 달라는 기도를 하고, 영토를 넓혀 달라는 기도를 한 것이 아닐까 하는 생각이 들면서 그의 기도가 이해가 된다. 이런 경우, 기도는 단순한 기복신앙이 아니다. 불행한 이름이 그 사람에게 불행을 가져온다는 사회적 통념을 거부하는 믿음과 희망의 표현이기 때문이기도 하다.

우리 여성들은 출산의 고통을 겪거나, 양육의 수고를 담당하기 때문에 생명의 귀중함을 더 절실하게 실감하고 체험하는 것 같다. 한 생명이 온 천하보다 더 귀하다는 우리 주님의 말씀을 전적으로 받아들일 수 있는 것도 여성의 생명체험 때문일 것이다. 여성이 생명을 잉태하고 출산하는 일은 마치 하나님의 거룩한 창조행위에 동참하는 것이라고 감히 말해도 지나친 말은 아닐 것이다.

이 세상에서 큰일 한다고 하면서 대기업을 이끄는 CEO나 위대한 발견을 하는 과학자들이나 국민을 돌보는 정치가도 중요하지만 생명을 태어나게 하고 그 생명이 한 인격체로 성장하게 하는 일보다 더 중요하거나 클 수는 없다고 본다. 모든 어머니들에게 박수를 보내고 싶다!

첫 입양

우리의 가정 이야기를 하면서 독자의 양해를 구한다. 작은아들은 결혼한 지 만 12년이 지났지만 아이를 갖지 못했다. 아들이 아주 어린 나이에 임파선 암으로 고생한 적이 있다. 그때 치료약이 너무 독했던 것 같다. 한참 후에 우리는 정자 생산 기능이 손상을 입은 것을 알게 되었다. 그 후 줄곧 다른 방법으로 부모가 되는 방법을 찾다가 2009년 11월에 예쁜 딸을 입양하였다. 그 손녀를 보던 순간을 나는 잊지 못한다. 너무나 예쁘고 예뻐서 황홀지경이 이런 건가 싶었다. 그렇게 예쁜 아기를 우리가 선물로 받다니! 감격 자체였다. 더욱 놀라운 것은 아기가 자라면서 그 성품이 유달리 착하다는 것을 발견한 것이다. 보채거나 떼를 쓰지도 않고, 낯도 잘 안 가리고 누구한테나 웃음을 나누고, 많은 사람을 행복하게 만들면서 자라고 있다는 점이다.

이름을 "하임"이라고 지었다. "민하임"이다. "하임"은 히브리어로 "생명"이란 뜻이다. 하나님께서 우리에게 맡기신 당신의 생명으로 우리는 그 아이를 영접하였다. 아이의 할아버지는 손녀를 보던 날, 그 손녀가 하나님이 자기에게 보내신 용서의 편지라고 생각하면서 다음과 같은 시를 지었다.

편지[1]

당신 품에 안고 있던 딸
예쁘게 키우라고 우리에게 맡기시니
우리 몸에 하나님 모시듯
불모(不毛)의 품에 당신을 품습니다

어린 당신이 요람에 누워있네요
당신이 우리 곁에 누우심은
우리 죄 용서하시고
우리와 함께 계시겠다는
당신의 편지 아닌가요

이 종, 평생 죄인으로 살겠지만요
용서 받을 수 없지만요
모처럼, 당신의 황송한 사연(事緣)
몰래 읽습니다

---

1) 민영진, 〈편지〉, 『들소리문학』 2010년 신춘호, 42

지구별에서 노닐다

첫돌

2010년 8월 26일은 하임이의 첫돌이었다. 하임이 어미는 그날 하객들 앞에서 자기의 마음을 우리들에게 이렇게 열어 보였다.

"다른 사람들은 열 달 동안 모태로 품어서 아기를 낳는데요, 저는요, 지난 10년을 가슴 속에 품어서 이 딸을 낳았습니다. 우리 내외는 우리 딸이 태생적으로 가지게 된 남다른 환경을 문제로 인식하지 않고 하나님의 은총으로 이해합니다. 우리 내외는 한 송이 들꽃을 집안에 꺾어 온 것이 아닙니다. 우리가 들로 나가서 그 꽃 옆에 선 심정이고 그런 각오로 이 아이와 삶을 같이 할 것입니다. 온실이 아닌 이 들판에서 함께 비바람 맞고 햇볕 받으며 강인한 아이로 키울 것입니다. 예수님이 사신 그 길을 따라가는 아이로 키울 것입니다. 만나는 이들에게 믿음과 희망과 사랑을 전달하는 딸로 자라도록 여러분들께서 기도해 주시기 바랍니다."

나는 어미의 말을 들으면서 자꾸만 우리 주님 예수의 어린 시절을 묘사한 누가복음서의 본문이 생각났다. 아기 예수가 팔레스타인의 척박한 환경에서도 튼튼하게 자랐듯이, 어릴 때부터 슬기롭게 자랐듯이, 늘 하나님의 은총을 듬뿍 받고 자랐듯이, 우리의 손녀도 예수께서 사랑하신 이 땅위의 모든 어린 아이들과 함께 다 그렇게 자라기를 빌었다.

아쉬운 자매 형제,
저출산 시대를 살면서

두 아들

 지금까지 살아오면서 후회되는 일이 별로 없는 편이다. 그러나
수십 년이 지난 지금도 아쉬움이 남는 것은 셋째 아이를 잃은 일
이다. 아이를 둘씩이나 낳은 베테랑이 셋째 아이를 임신하고서는
너무나 방심했던 것 같다. 나 자신의 몸은 물론이려니와 태 속에
있던 아이의 몸이 소중함을 왜 몰랐겠는가마는 국내에서 낳은 두
아이의 경우와는 달리 외국생활에서 받는 스트레스를 감안하지
않고 행동한 것이 결국 무리였던 것 같다. 7개월 만에 바깥 세상
으로 나온 아이는 인큐베이터에서 겨우 15시간 밖에 견디지 못
하고 숨을 거두었다. 그 아이가 생존했더라면 외국 유학생활에서
얼마나 더 힘들고 고생이었을까 하는 생각은 아예 없고, 그 아이
가 우리들과 함께 있어주었더라면 내가 얼마나 더 행복하고 신나

지구별에서 노닐다

게 살았을까 하는 생각이 든다.

아들이 둘이라도 자녀가 많은 이들을 보면 부럽다. 이 세상에서 자녀를 낳아 길러서 인간 만드는 일보다 더 보람된 일이 있으려니 싶다. 그런데 지금 우리는 저출산 시대로 들어섰다. 한 가정에 한 두 자녀가 고작이더니 이제는 평균 한 가족 구성원의 수가 2.9명이라니 한 가족이 3명꼴이 미처 안 된다. 자녀가 한 명, 혹은 싱글맘이거나 아버지만 있는 경우, 두 명이다. 왠지 불안하다. 전 세계 여성들이 단결하여 임신을 하지 않으면 인류의 종말이 올 것 같다.

손자와 손녀

나는 큰아들에게서 손자와 손녀를 보았다. 둘만 낳고 더 낳지 않는다. 한참 자랄 때 보면 두 아이는 자주 싸웠다. 한 번은 동생이 오빠 머리채를 잡고 흔들면서 달려드니까 어미가 오빠에게 그러는 거 아니라고 딸을 야단친 모양이다. 그랬더니 기특하게도 겨우 다섯 살밖에 안 된 녀석이 "엄마, 나 괜찮아. 유진이 야단치지 마. 유진인 아직 애기잖아." 하더란다. 누가 가르친 것도 아닌데, 혈육이라고, 제가 오빠고 어린 동생은 아직 애기니까 그 정도의 무례(?)는 용서할 수 있다는 아량이 그 꼬마의 어디에서 나오는 것일까?

딸의 아빠 생각

최근의 일이다. 토요일마다 큰아들 가족이 우리집으로 와서 하룻밤 같이 보내고 주일에 교회에 같이 갔다. 운전은 으레 큰아이가 한다. 아직 유치원 다니는 손녀가 제 아비 손을 잡고 할아버지 차 있는 데로 가면서 볼멘소릴 한다.

"왜 아빠는 매일 아빠가 운전해? 아빠 힘들게?" 제 아비가 묻는다. "그럼 누가 해?" 딸이 대답한다. "할아버지 차는 할아버지가 운전하면 되잖아!"

나는 자기 아빠 힘 드는 것을 안스럽게 생각하는 손녀가 기특했고, 그런 효성 깊은 딸을 둔 아들이 부러웠다. 손녀의 마음을 무겁게 해서는 안 되겠기에 내 손녀에게 이렇게 물었다. "얘, 운전이 얼마나 재미있는 건지 너 모르지? 그 재미있는 운전 할아버지

지구별에서 노닐다

더러 하라고 하고 아빠는 하지 말라고 할까?" 그러자 그 녀석이
제 아비에게 확인한다. "아빠, 운전이 진짜 재미있어? 힘들지 않
아?" 제 아비가 "재미있지" 그러니까 "그럼 아빠가 운전해. 할아
버지가 하지 말고." 자기보다 어리고 힘없는 사람에 대한 이해와
배려를 교육을 통해서 배우기보다는 형제자매 사이의 어울림에
서 본능적으로 배우는 것 같다.

자매

작은아들네는 딸만 둘이다. 한 번은 네 식구 모두가 우리 집
에 왔을 때였다. 언니가 뜨거운 그릇에 손이 닿아 뜨겁다고 눈물
을 흘리며 운다. 할아버지, 할머니, 아빠, 엄마는 우는 그 모습이
귀여워서 모두 크게 웃었다. 그런데 동생은 아까 언니가 울 때부
터 함께 울 듯, 언니가 어디 크게 다친 것이 아닌가 하고, 표정이
사뭇 슬프고 얼굴에 걱정이 가득하다. 어른들이 계속 큰 소리로
웃고 있으니까, 드디어 그 다섯 살밖에 안 된 동생이 "웃지 마세
욧!" 하고 소리를 꽥 지른다. 그것이 또 더 우스웠지만, 우리는 우
리 식구 중에서 제일 어린 아이가 자기 언니의 아픔에 동참하는
슬픔을 존중해주어야 할 것 같아서 모두 정색을 하고 아이들을
달래준 일이 있다. 형제자매란 것이 바로 이런 것이로구나! 새삼
형제와 자매가 많은 것이 얼마나 큰 복인가를 생각한다.

저출산 걱정

자식 없으면 어디 서러워서 살겠나 하는 생각이 절로 든다. 부모에게 자식은 보물이다. 그 자식이 사람들 앞에서 제 구실을 하면 이보다 더 좋은 일이 어디 있겠는가! 우리 부모들이 자식들에게 할 수 있는 좋은 일 중에 하나는 자식들에게 형제와 자매의 인연을 맺을 혈육을 낳아주는 것이다. 애 안 낳는 것이 무슨 유행같아서 덩달아 애를 안 가지겠다는 젊은 부부들을 본다. 나름대로의 이유가 있다. 자식 공부 시키는데 사교육비가 너무나 든다든지, 부부가 다 같이 직장 생활을 하는 경우에 아이를 맡길 시설이 넉넉하지 않다든지, 이 험한 세상에 나만 나와서 살면 되었지 왜 아이들 낳아서 고생시키느냐고 생각한다든지…. 복지정책이 없는 것은 아니지만 부모들의 욕구를 만족시키지 못한다.

저출산 문제는 최근 들어 문제가 공개적으로 논의되고 젊은 부부나 정부 당국도 서로의 문제와 가능한 해결책도 고안하고 있다. 나로서는 비관적으로만 보지는 않는다. 이미 정부도 노력을 시작하였고, 젊은이들도 저출산 문제의 심각성을 알고 있기 때문이다. 다만, 차제에 목소리를 높이고 싶은 것은 결혼한 부부가 아이를 가지는 것은 지극히 자연스러운 일인데, 그것도 하나보다는 둘, 둘보다는 셋, 그 이상으로 낳아 길러 사회에 내보내는 것은 인류 사회 발전을 위하여 참으로 귀중한 일이다. 이것을 결혼이라는 정상적 방법을 통하지 않고, 생명공학에서 인간복제 기술을

지구별에서 노닐다

발달시켜 대신 담당하게 할 수도 있을 것이다. 그러나 이 좋은 복
받은 방법을 마다하고 그 막대한 비용과 상상할 수도 없는 위험
을 감수할 필요가 어디 있겠는가 하는 생각이다.

가장 좋았던 날

그동안 살아오면서 다른 사람들과 마찬가지로, 슬픔과 걱정, 원한과 분노, 기쁨과 감사의 여러 계곡들을 지났다. 기쁨과 감사와 감격의 순간들을 이야기한다면, 한 남자에게서 사랑을 확인하였을 때, 둘이 헤어지지 않아도 되는 결혼예식을 올렸을 때, 내 몸속에 생명이 자라고 있음을 느낄 때, 남편이 어려운 교회에서 단독 목회 수련을 마치고 목사안수를 받았을 때, 그가 이스라엘에 유학하여 박사학위를 받았을 때, 아들이 학생이 되고 나는 학부모가 되었을 때, 아이들이 대학에 입학했을 때, 큰아들의 공군장교 임관식을 지켜볼 때, 아이들이 제각기 짝을 찾아 결혼식을 올렸을 때, 티 없이 순수한 마음으로 우리의 영혼을 맑게 닦아주는 설교를 하고 있는 작은아들을 바라보고 있을 때, 손자 손녀를 보았을 때, 그 아이들이 "할아버지", "할머니" 하고 부르며 뽀뽀를 해 줄 때, 큰아들이 오랜 각고 끝에 받은 학위논문이 유럽에서 출판되었

을 때… 참으로 많은 일들이
나를 행복하게 하였다.

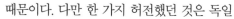

　그 중에서 내가 제일 기
쁘고 좋았던 날은 단연 나
의 회갑 날이었다. 그날은
나 혼자 주인공이 되고 많은
사람들이 나만을 축하해 주었기
때문이다. 다만 한 가지 허전했던 것은 독일
과 미국에 살고 있던 두 아이들 가족이 함께 있지 못한 것이었다.

　사실, 요사이 촌스럽게 누가 회갑잔치 하느냐고 핀잔주는 이들
이 있어서 약간은 쑥스럽기는 했지만 그래도 난 그날이 너무 좋
았다. 나는 그날을 소중하게 간직하면서 때때로 그때를 회상하며
혼자서 흐뭇해한다. 평생토록 마음속에 보석처럼 반짝이는 날일
거라고 생각한다. 남편은 〈김명현 회갑 감사 예배〉라는 프로그램
을 만들었다. 남편의 친구이자 내가 좋아하는 김영운 목사님의
기도, 용두동교회 부목사 부부들의 합창, 우리가 존경하는 김한
옥 담임목사님의 설교, 우리의 친구이자 나의 대학 선배인 윤문
자 목사님의 축도, 이렇게 우리는 감격적인 예배를 드렸다.

　설교 후에 나에게 회갑을 맞은 소감을 이야기할 기회가 주어
졌다. 나는 이렇게 이야기를 했다.

　"요사이 회갑잔치를 안 한다고들 하는데 저는 오래전부터 제
회갑잔치만은 꼭 하고 싶었습니다. 제 친정어머니께서 회갑도 못

지내고 58세에 돌아가셨습니다. 저는 지금 이 세상에서 제 어머니보다 더 많은 햇수를 누리고 있습니다. 제 친정아버지께서는 회갑잔치를 하셨는데 그때 아주 좋았던 기억들이 있습니다. 회갑잔치도 못 지낸 어머니를 생각할 때마다 안타깝고 아쉬워서 저는 제 회갑이 되면 꼭 잔치를 해야지 하고 다짐하며 살았습니다. 그런 나의 뜻을 알고 남편이 기쁜 마음으로 이런 자리를 마련했습니다. 저는 민 씨 집안으로 시집와서 민 씨의 두 아들을 낳고 키워서 그 아이들이 아빠의 대학 후배가 되게 하였습니다. 또 그 아빠의 뒤를 이어 하나는 신학자로 하나는 목회자로 키웠습니다. 그래서 저는 제 남편에게 이런 잔칫상 받아 마땅하다고 생각합니다. 저는 사실 여러분을 더 멋지고 분위기가 더 좋은 곳으로 초대하고 싶었습니다만, 제 남편의 수입의 정도가 이를 감당하지 못함을 널리 이해해 주시기 바랍니다."

이어서 김명현의 지나온 세월을 사진 30여 점의 영상에 담았다. 그것이 끝난 다음에는 축시 두 편이 낭독되었다. 하나는 시단에 갓 등단한 어린 시인인 내 남편이 지은 〈동행〉이란 시이고, 다른 하나는 우리 내외가 그렇게 좋아하는 진짜 시인인 문종수 시인의 시다. 시 제목이 〈사랑이여, 사랑이여〉이지만 그 남자와 나는 수상한 관계가 아님을 미리 밝힌다. 내가 원주 치악산의 정기를 타고 났고 원주 달강의 음기를 지니고 태어나서 지금은 한 남자의 아내가 되어 잘 살고 있다는 시인데, 내가 받기에는 송구스러울 정도의 수작이라고 몇몇 시인들이 하는 말을 듣고, "내가 어

때서?" 하고 속으로 욱했던 적도 있다. 황송하지만 감사한 마음
이루 다 말할 수 없다, 내 남편이 쓴 시는 평범하여 누구나 다 쉽
게 이해할 것이기에 달리 더 첨언(添言)을 삼간다.

사랑이여 사랑이여
 - 김명현님의 회갑에

문종수

오늘은, 치악(雉岳)과 달강이
어우러져 환호한 날
님의 한 울음에
뒤바람 속에서도
새 봄의 화사함을 예감했나니
아름다운 이여, 이는
작은 여인이 아니냐

나비잠 몇 잠 잔 듯
스란치마 뽐냄이 꿈속인 듯
거문고와 비파 어우러져
즐거움은 울안에 넘치고

자손은 모두 영화와
면류관을 얻었네
큰 나무 고이 품어
넉넉히 자라
그늘 드리우게 하고
저로, 주 안에서 조금
자랑케 하시려고
불모지인 여성신학을 위해
심고 물주는 수고를
나누게 하셨네
오, 늘 불러도
"사랑이여, 사랑이여"
이제, 잠시 길목에 멈춰서서
작은 꽃다발을 받으소서
남은 날을 위하여
기도하시고
새 하늘의 소망 안에
큰 나무 그늘에서
다시, 한걸음
힘차게 내딛으소서

지구별에서 노닐다

부엌, 없앨까 말까?

부엌을 없애라고?

"사모님, 목사님 댁에는 부엌이 없다면서요?"

"누가 그래요? 부엌 없이 어떻게 밥 먹고 살아요?"

"부엌을 없애라고 하셨단 말을 민 목사님에게서 들었거든요."

아닌 게 아니라 남편은 날 보고 우리 집에서 부엌을 없애라는 말을 자주하곤 한다. 아이들도 다 떠나고 우리 내외만 덩그러니 남았는데 우리 둘이 밥해먹자고 부엌을 둘 필요가 뭐 있겠느냐는 것이다. 우리 동네는 문밖에만 나가면 먹자골목이나 다름없다. 제각기 특색이 있는 식당이 셀 수도 없이 많다. 아마 하루 한 곳만 들려도 죽을 때까지 못 가볼 식당이 많을 것 같다.

밖에 식당이 많다는 것만이 부엌을 없애자는 이유는 아니다.

내가 이 나이까지 부엌살림에 매달리는 것이 보기에 좀 안스러운 모양이다. 그것은 그가 비단 나만을 두고 하는 이야기는 아니다. 그의 회사에도 기혼 여직원들이 많은데, 그들이 부엌살림에 얽매어 자신들의 삶을 여유롭게 펼쳐나가지 못하는 것도 그가 보기에는 안타까운 모양이다. 특히 명절 때마다 여직원들은 오히려 휴가를 보내기보다는 명절 기간 동안 직장에 남아서 특근을 자청하는 이들도 있을 지경이니 여성들이 부엌일을 기피하는 것을 직장에서도 확인하고 있는 셈이다.

남편이 날 보고 부엌을 없애자고 하는 데는 또 다른 이유가 있다. 하루는 무슨 일이 그렇게 바빴는지 저녁상을 대강 차려놓고 남편을 불렀더니 식탁으로 온 남편이 첫 술을 들면서 하는 말이 나를 참 곤혹스럽게 한다. "여보, 내가 당신에게 음식까지 기대하는 것은 무리지?" 그런다. 어쨌든 내가 자기보다 잘 하는 것이 있다면 그건 부엌살림이다. 가끔 밥상이 부실할 때도 없지 않지만 일반적으로는 밖에 나가 사 먹는 것보다 집에서 먹는 것을 더 좋아하는 것을 내가 잘 알기 때문에, 기분이 상하지만은 않았다. 또 밥 말고 달리 잘하는 것도 있다는 이야기이니 과히 나쁜 말은 아닌 것 같다.

지구별에서 노닐다

누구 똑따기가 더 중요하냐고?

　어느 해 식목일에 시부모님 계시는 산소에 갔다. 산소 못미처
어느 길모퉁이에서 시동생 내외와 만나기로 약속을 했는데, 우리
가 10여 분 먼저 도착했다. 나는 시골 길가 둑에서 냉이를 발견했
다. 우리나라는 어디를 가든지 봄이 되면 이런 나물이 난다. 나는
그 사이 냉이를 한 움큼 뜯었다. 저녁에 햇순처럼 돋은 그 봄나물
을 넣고 맛있는 된장찌개를 보글보글 끓여냈다. 남편은 내가 부
엌에서 음식을 만드는 동안 컴퓨터 앞에 앉아서 자판을 계속 두
드려 댄다. 밥상 앞에 앉은 남편에게 묻는다.

　"여보, 당신은 컴퓨터에 앉으면 영감이 떠올라 똑딱똑딱 자판
을 두들기면 글 한 편, 또 똑딱똑딱 하면 감동적인 설교 한 편 만
들지? 나는 부엌에서 똑딱똑딱 하면 이렇게 맛있는 된장찌개가

한 뚝배기, 또 똑딱똑딱 하면 당신이 좋아하는 이렇게 구수한 콩
나물 무침이 한 접시가 되는데, 당신 똑따기하고 내 똑따기하고
어느 것이 더 중요할까? 사실이지, 당신 똑따기가 만들어 내는 것
은 있으면 좋지만 없어도 그만 아냐? 그러나 내 똑따기는 없으면
죽고 못 살지?"

"당신 말이 백 번 옳아. 나도 말만 하고 실제로는 감당도 못하
는 설교보다야 배고픈 사람을 사람답게 만드는 당신의 음식 솜씨
가 백배는 더 중요하지. 내 설교를 듣는 사람들은 설교를 듣고 나
서 짜증을 내는데 당신이 해주는 밥 먹고 싫다는 사람 아직 하나
도 못 봤네. 아무렴 나 같은 먹물보다야 부엌을 장악한 당신이 사
람 살리는 살림의 문화에 더 큰 공헌을 하지."

남자도 밥 좀 할 줄 알아야 하는 것 아닌가

나는 내가 남편보다 먼저 죽는다면 걱정되는 일이 딱 한 가지
있다. 혼자서 밥을 해 먹지 못하는 것이다. 부엌을 활용할 줄 모른
다. 내가 며칠씩 집을 비우는 일이 생기면 그는 절대로 밥이나 국
이나 반찬, 이런 것들을 준비해놓지 못하게 한다. 여행을 하면서
는 아예 식사 걱정, 부엌 걱정 등은 하지 말라고 한다. 자기는 밖
에 나가서 사서 먹는다는 것이다. 그러나 지금 처지가 안 그래서

그렇지, 정말 허구한 날 날마다 밖에 나가서 매식을 한다면 생활이 얼마나 삭막하겠는가? 그뿐이 아니다. 요리 경험은 일종의 예술 창작의 경험과도 일맥상통한다. 요리를 마술이라고까지 한 이도 있다. 구태여 제자들을 위해 생선을 구우시던 우리 주님 이야기를 꺼내지 않더라도, 자신을 위해서나 남을 위해서 음식을 만든다는 것은, 몸에 대한 봉사이고, 하나님의 창조와 보존에 참여하는 감격스러운 작업이다. 남성들도 참여해 볼만한 귀한 경험이다.

내 남편이 그나마 한 가지 잘 하는 것은 설거지다. 피부가 건강해서 설거지를 해도 손이 트거나 험해지지 않는다. 그러나 밥을 하지는 못한다. 평생 먹는 밥인데, 밥이 어떻게 지어지는지, 된장찌개를 어떻게 끓이는지, 이 정도는 알아야 할 것 아닌가! 계속 주는 것만 먹는다는 것은 미숙아 같지 않은가! 제 밥은 제가 만들어 먹을 줄 알게 가르쳐 놓고 내가 죽더라도 죽어야지 하는 생각이 들 때가 많다. 밥을 한다는 것은 시장에서 먹거리를 사는 것에서부터 시작되니까 이제는 장 볼 때마다 이 미숙아를 데리고 다닐 작정이다.

가정의 중심은 부엌과 식탁

"부엌이 살아야 인류가 산다." 써놓고 보니 그럴듯하기는 하나 너무 거창하다. 내가 부엌에 대해 남다른 생각을 가지게 된 것은 젊은 시절 4년 동안의 이스라엘 체험과 무관하지 않은 것 같다. 부엌과 함께 식탁을 다시 발견한 것이 이스라엘에서였다. "코셰르"라고 하는 정결(淨潔) 음식이 바로 그것이다. 부엌은 바로 정결한 음식을 만들어 내는 곳이다. 불결한 재료가 부엌에 들어오지 못하도록 규정하고 있다. 구약에 열거된 먹을 수 있는 것과 먹어서는 안 되는 것이 과연 과학적으로 검증되었는지는 차치하고라도, 이 세상 사람들이 먹는 먹거리 중에서 어떤 것은 먹어서 건강에 좋고 어떤 것은 먹어서 건강에 해가 된다는 이런 인식이야말로 사람의 건강을 지키려는 숭고한 노력이다. 더욱이 불량식품을 보고도 그것이 불량식품인지 건강식품인지 구별도 못할 정도로 혼탁해진 요즘이야말로 식품 선별의 중요성은 더욱 강조될 수밖에 없다.

부엌과 함께 식탁도 다시 발견한다. 침묵이 강요되는 수도원이 아니라면 가정의 식탁은 가족 사이의 대화 자리다. 식탁은 부엌의 확대요 연장이다. 단 둘이 산다고 해도 우리 부부가 서로 대화를 할 수 있는 곳이 있다면 침실 말고는 부엌에 있는 식탁이다. 가족 구성원들이 달리 만날 데가 없다가 식탁에 둘러 앉으면 그때부터 비로소 말을 시작하다 급기야는 밥상머리에서 서로 싸우기까지 하는 경우도 적지 않은데, 서로 협동하여 준비한 먹거리, 서로 아이디어를 짜서 만든 식탁 꾸미기, 사람을 정결하게 만드는 정결 음식, 먹고 나서는 다 같이 분담하여 맡는 설거지, 이런 식탁에서는 가족 구성원들이 평안을 실감하고 안식을 누리고, 하나님을 찬양하고, 이웃을 생각하게 되고, 이런 과정을 통하여 가족의 유대는 한층 강화된다. 이미 거실은 TV에게 빼앗겨버린 상황에서 부엌마저 잃는다면, 그 안의 식탁마저 상실해 버린다면 가족 구성원 간에는 대화의 마당마저 없어져 버리고 말 것이다.

부엌을 없애면 쌀과 밥도 잊게 되지

해가 바뀌는 계절에 한 시인은 자기가 살아온 그 한 해에 하나님이 관(冠)을 씌워주셨다는 고백을 한다. 시간이 관을 쓰고 있다. 창조주는 사람도 아니고 장소도 물건도 아닌 시간의 한 대목에 관을 씌우신다는 것이다(시 65:11). 고달팠을 수도 있는 지난 한 해가 하나님과 함께 살아온 시간이었기에 영광의 시간이었다고 한다.

미혼이든 기혼이든 여성이 가정이나 직장에서 자존감을 가지고 살 수 있을까? 사회 각 분야에 여성이 여성답게 사람답게 존엄을 지키며 살 수 있는가? 지나간 세대보다는 여건이 좋아진 것도 사실이지만 여성 자신들은 자신들의 존엄이 언제든지 위협받는 상황에 불안을 느낀다. 여기에 때로는 여성 자신의 자기 비하나 멸시가 여성을 더 비참하게 만들기도 한다.

어느 날 나는 스스로에게 질문을 던져 본적이 있다. "내가 쌀 한 톨만 못할까?" 홍순관이 작사하고 신현정이 작곡한 〈쌀 한 톨의 무게〉를 만나고 나서였다.

쌀 한 톨의 무게[2)]

쌀 한 톨의 무게는 얼마나 될까?
내 손바닥에 올려놓고 무게를 잰다
바람과 천둥과 비와 햇살과
외로운 별빛도 그 안에 스몄네
농부의 새벽도 그 안에 숨었네
나락 한 알 속에 우주가 들었네
버려진 쌀 한 톨 우주의 무게를
쌀 한 톨의 무게를 재어본다
세상의 노래가 그 안에 울리네
쌀 한 톨의 무게는 생명의 무게
쌀 한 톨의 무게는 평화의 무게
쌀 한 톨의 무게는 농부의 무게
쌀 한 톨의 무게는 세월의 무게
쌀 한 톨의 무게는 우주의 무게

아무리 "나락" 한 톨 같은 내가 "나락(奈落)"으로 떨어진다고 해도 내가 쌀 한 톨보다 못하랴! 내가 그동안 쌀 한 톨을 너무나도 우습게 보았다. 그래서 나 자신을 스스로 과소평가하기도 했다. 이것이 나의 잘못이었다.

작은 것이 큰 것인데, 이것을 못 보았던 것이다. 내 삶 속에서 작은 것들이 우주만큼 확대되기 시작했다. 아니, 나는 쌀 한 톨만이 아니라 그 쌀로 밥을 하는 여자다. 전업주부다. "밥 짓는 여자"의 존엄을 발견한 것은 내 인생에서 크나큰 사건이었다.

가사노동이 얼마나 힘든지를 조금은 이해하는 나의 남편은, 아이들 다 내보내고, 우리 둘만 남은 다음부터는 부엌을 없애자고 했다. 우리 집 주변에 널려 있는 식당들은 우리가 1년 내내 외식을 해도 다 가볼 수 없을 만큼 많다고. 그러나 내가 부엌을 끝까지 고집한 배후에는 "밥 짓는 것"이 바로 "생명 살리는 일"이라는 새로운 인식 때문이었다.

이 세상에서 나 스스로 자존감을 찾는 것이 경제적 자존을 지키는 길일 것 같다. 시 한 편을 음미해본다.

밥[3]

나는 기껏 몇 달 만에 한 번
재수가 좋을 때는 열흘에 한 번
기적 같은 일이 일어나면 한 주일에도 한 번

작품이랍시고

그러나 읽어도 그만 안 읽어도 그만인

에세이나 설교나 칼럼이나 시를 쓴다

그러나 아내는 매일

안 먹고는 살 수 없는 밥상을 차린다

해와 달과 별과 바람이

하늘과 땅과 바다와 더불어 만든

날 것과 익은 것과 묵은 것과

증류된 것과 발효된 것들을,

아내는 부르고 골라

식구라곤 덩그러니 혼자 남은 남편 하나 뿐인데

상 차려놓고 부른다, 여보, 밥!

아무도 읽지 않는 글, 밤늦게까지 쓰느라

새벽에야 겨우 잠든 남편 부엌에서 깨운다

여보, 일어나요. 뭐해요? 밥 다 됐는데.

아침 한다고 밤새우지 않고

저녁 한다 종일 수선 핀 일도 없는데

그래도 생명이 깃든 밥상 끼니때마다 차려 지금껏 해로하는데

나는 바쁘기는 세계에서 혼자 제일 바쁜 것처럼 살아

아내가 그렇게 좋아하는 사랑한단 말에도 인색하고

아내가 그렇게 바라는 포옹도 제대로 한 번 근사하게 못하면서

그러고도 기껏 만드는 것이

밥에 비하면 모두 다 쓸 데도 없는 것들이어서

이 입에 밥 처넣기 죄송하다

2) 2008년에 만든 '춤추는 평화' 음반 수록

3) 민영진,《유다의 키스》(창조문예사, 2013), 42-43쪽

나의 삶, 나의 사랑

대가족 속의 넷째 딸

2004년 1월은 내가 회갑을 맞은 달이었다. 그때를 생각하며 나의 삶, 나의 사랑을 쓰면서 나를 돌아볼 수 있다는 것이 흐뭇하고 행복하다. 아홉 남매 중 여섯째로 태어난 나는 어려서부터 명랑하고 잘 웃었다. 아버지와 어머니는 물론 할아버지와 할머니와도 함께 산 기억이 선명하니 늘 와자지껄 분주했다. 한때는 큰오빠, 큰언니, 작은언니는 결혼해서 나가 살고 작은오빠는 고등학교부터 서울에서 공부했으니 셋째언니서부터 막내동생까지 오 남매가 한 집에서 살았다. 더구나 그 당시 큰오빠가 군대 때문에 못다한 대학공부를 마치느라 올케언니와 조카 넷도 함께 살았으니 몇 식구인가!

어머니는 참외나 수박이나 토마토를 살 때면 아예 한 지게를

다 사곤 하셨다. 김도 한 사람 앞에 10장씩 며칠 분이라고 나누어 주셨다. 하루에 다 먹든지 며칠 동안 적당히 나누어 먹든지 전적으로 자기가 판단해서 먹었던 기억이 난다. 수박도 아예 한 통씩 나누어 주었으니 다른 것은 말해 무엇하랴.

형제 자매가 많아도 많이 싸운 기억은 별로 없지만 싸울 때는 바로 그 윗사람이 재판을 하여 판결을 내리고 나면 어머니는 싸운 두 당사자에게 악수를 시키면서 "언니, 이제 언니 말 잘 들을게." "---야, 이제 더 사랑할게"를 꼭 말하게 했고 어머니의 기도로 끝이 났다. 그러고 나면 과자나 후식을 준비해서 먹고 웃고 놀았다. 특히 어머니는 연극을 좋아하셔서 집안에서 학예회도 열고 연극도 했으니 지금 생각하면 마냥 웃기는 일인 것 같다.

감신대학 여기숙사

내가 1962년에 감리교신학대학교에 입학했을 때 그 당시 윤성범 박사님은 매일 점심시간에 웃음을 주시는 분이셨다. 여학생 기숙사 식당에 한 쪽은 교수님들을 위한 식탁이 있었고 한 쪽은 여학생들을 위한 식탁이 있었는데 하루도 빠짐없이 윤 박사님은 누구든지 놀리기를 즐겨하시며 천진난만하게 웃으셨다. 그런 분위기에서 자라면서 어느 새 나도 자유롭게 다른 사람들과 우스운 이야기를 하는 것에 자연스러워졌다.

혼인생활

1968년에 결혼한 후 50주년을 맞이한 지금까지도 우리 부부는 재미있는 이야기를 하며 둘만 있어도 깔깔대며 잘 웃는다. 우리 부부의 웃음 묻은 이야기를 가끔씩 이야기하면 재미있다고 글로 써서 책을 내라는 사람도 있고 나를 오랜만에 만난 사람은 그동안의 "민영진 어록"을 발표하라고 한다. 이것이 언제 책으로 출간될지는 아직 모르지만 우리들의 이런저런 이야기를 꺼내어 독자 여러분에게 웃음을 드리고 싶다. 우리의 이런 꾸밈없는 적나라한 이야기들이 흠이 될지 욕이 될지도 모를 것 같아 겁이 나는 것도 사실이다. 그러나 이런 것들이 나의 삶이요 나의 사랑인 것을 어찌하겠는가! 그냥 웃음을 선사하고 싶을 뿐이다.

나는 1944년생이고 그이는 1940년생이니 나는 그이보다 네 살이나 더 어리다. 결혼 후, 첫 새해를 맞아 남편은 갓 결혼한 새댁을 어른들께 인사시키고 싶었나보다. 어른들께 세배를 간다기에 치마저고리에 두루마기까지 차려 입고 거기에 어울리게 머리를 위로 올리는 업스타일을 하였다. 그 당시만 해도 자가용이 없어서 택시를 타고 다녔다. 그이는 동안이고 날씬해서 어리게 보였고 나는 살이 통통(?)해서인지 더 늙게 보였나보다. 택시기사가 나보고 누나냐고 묻는 게 아닌가! 난 너무 황당하고 화나서 기분이 안 좋았다. 집으로 돌아온 나는 그에게 간 빼 놓고 살아서 아마 늙어졌나보다며 이제부터는 당신이 간 빼놓고 살라고 명령(?)
하였다. 그랬더니 그이 하는 말 "지금 누나 정도면 괜찮은 거지,
우리가 이다음에 더 늙게 되면 제자들이 와서 "민 선생님, 어머님
이 꽤 젊으시네요." 할 때가 올 거란다. 그 후 20년이 지난 후부터
그이의 머리에는 해를 더해갈수록 은가루가 자꾸자꾸 뿌려졌다.
난 너무 신이 나서 박수를 치며 절대 염색하지 말라고 한다. 나는
기회 있을 때마다 당신은 머리가 희어질수록 멋스럽다고 아주 근
사하다고 속삭여준다. 바로 로맨스 그레이 그 자체라고.

　그이는 한복 입기를 즐겨해서 신정이면 거의 두 주간을 한복을
입는다. 교회 갈 때도 마찬가지인데 어느 주일, 그이가 한복을 입
으니 나도 한복을 입었다. 예배 끝난 후 집으로 돌아오는 길에 나
는 이렇게 힘들게 한복을 입었는데 그냥 집으로 가기는 아까우니
근사한데 가서 커피라도 마시자고 했다. 우리는 어느 고급 호텔
의 커피숍에 들러 커피를 마셨다. 사방을 보니 여기저기 선보는

별들의 숲

팀들이 많았다. 수상한 관계의 남녀들도 있었다. 그래서 나는 그이에게 "다른 사람들은 우리 둘을 무슨 관계로 볼까?" 물었다. 그랬더니 그이의 말 "목사와 여신도 사이로 보겠지."

지게꾼

결혼하기 전의 일이다. 우리는 철로가 놓인 길을 걷고 있었는데 그이가 나보고 시를 좋아하느냐고 물었다(시에 관심 있던 그는 2003년에 정식으로 문단에 시인으로 등단했다). 내가 윤동주의 〈서시〉를 특히 좋아한다고 했더니 외워보란다.

   죽는 날까지 하늘을 우러러
   한 점 부끄럼이 없기를
   잎새에 이는 바람에도 나는 괴로워했다.
   별을 노래하는 마음으로
   모든 죽어 가는 것을 사랑해야지
   그리고 나에게 주어진 길을 걸어가야겠다.
   오늘밤에도 별이 바람에 스치운다.

그는 또 "나에게 주어진 길이 무엇이냐"고 묻는다. 나는 거침없는 "지게꾼 하나 잡는 것"이라고 했다. 그랬더니 그도 거침없이 "그럼 나에게 주어진 길은 지게꾼이 되는 길이겠군요."

지금까지도 자기는 지게꾼으로 살고 있단다. 지게 대신 승용차로 나를 실어 나른단다. 한 번은 타이완 출장을 다녀오면서 원주민이 두루마리에 그린 지게꾼 그림을 하나 사왔다. 지게꾼이 화사하게 화장을 하고 잘 차려 입은 젊은 여인을 자기 지게에 짊어지고 행복하게 웃으면서 걸어가는 그림이다. 이게 바로 우리라고.

눈 좋은 여자가 고른 남자,
눈 나쁜 남자가 고른 여자

　나는 지금까지도 보통 때는 안경을 안 쓸 정도로 눈이 좋다. 멀리 있는 것을 특히 잘 본다. 그이는 아주 눈이 나쁘다. 또한 나는 길눈이 밝은데 그이는 길눈이 어둡다. 하루는 그이가 운전대를 잡고 운전을 하고 나는 그 옆에 앉아서 좌회전 우회전하며 입으로 운전을 했다. 내가 좌회전하라고 했는데 그것을 놓쳐서 멀리 돌 수밖에 없었다. 약속시간은 급하게 다가오고 은근히 신경질이 나서 "아이 바보, 아이 바보"하며 놀렸더니 그이 하는 말 "나는 눈 좋은 당신이 고른 사람이고, 당신은 눈 나쁜 내가 고른 사람인 것을 잊지 말라고."

　　　　　　　　　　지구별에서 노닐다

무심한 남편

　그이는 내가 파마를 했는지 머리를 잘랐는지 도무지 무감각이
다. 하루는 내가 커트를 하고 와서 "나 어때 예뻐? 커트했는데."
하고 물었더니 "당신은 머리를 잘라도 예쁘고 안 잘라도 예쁘고
머리와 상관없이 예뻐." 그런다. 그 무딘 무감각, 무관심을 그렇
게 슬쩍 넘긴다. 하루는 설사를 하고 아팠다. 몸이 축난 것 같아
서 "나 어때?" 하고 물으니 "왜 파마했어?" 하면서 번지수를 잘못
짚더니 그 후 파마하고 와서 "나 어때?" 하고 물으니 "왜 어디 아
파?" 하고 엉뚱하게 대답한다.

　지금은 월급 중에서 내가 마음만 먹으면 그이한테 허락을 받는
다거나 지원을 해 달라는 요청 없이도 마음대로 옷을 살 수 있지
만 그 옛날 참으로 힘들 때는 어림도 없는 일이었다. 하루는 신세
계 백화점 옆 회현동 지하상가를 지나가게 되었다. 워낙 옷을 좋
아하는 나는 예쁜 옷들이 즐비한 상점을 그냥 못 지나가고 구경
을 하면서 "어머 이것 예쁘다, 저것 예쁘다"고 군침을 삼키고 있
는데 그이가 나를 막 끌고 가면서 하는 말이 "당신은 안 입는 것
이 제일 예뻐."

　그이는 가끔은 이 닦는 것을 잊고 그냥 잠자리에 들려고 할 때
가 있다. 그때 난 "여보! 이!, 만약 내가 새 여자라면 당신 이 안

닦고 내 옆으로 올 수 있어?" 그이는 억지로 이를 닦고 와서 하는
말 "아유, 새 여자하고 자기 힘드네, 새 여자하고 자다간 내 이빨
다 닳아 버리겠는걸." 그리고 며칠이 지났다. 또 이를 안 닦고 잠
자리에 들려고 한다. 나는 또 "여보, 이!" 그이는 또 억지로 이를
닦고 오더니 "며칠 잔 여자도 새 여잔가!"

   한때 나는 꽃꽂이를 배웠다. 하루는 거금을 들여 꽃을 멋있게
꽂아서 안방에 잘 놓았다. 퇴근해서 돌아온 그이는 모처럼 안방
을 격조높게 장식한 꽃을 보더니 그 꽃을 밖으로 갖다 치우란다.
나는 너무 놀라서 왜냐고 따졌다. 그이 하는 말 "안방의 꽃은 당
신 하나만으로 족해." 난 웃을 수는 없었지만 그렇다고 싫지도 않
았다.

   그이가 해외출장을 한 보름 다녀오게 되었다. 오는 날 나는 너
무 기뻐서 환영하는 마음으로 꽃을 한아름 꽂아 마루에 놓아 두
었다. 그러나 그는 꽃이 있는지 없는지 전혀 모르는 눈치였다. 할
수 없이 내가 거금을 들여 당신을 환영하는 꽃을 두었는데, 당신
은 어쩜 그렇게도 무감각하냐고 투정을 부렸다. 그이는 미안했던
지 나를 지긋이 보며 이렇게 말했다. "지금 당신 보기도 바빠 죽
겠는데 언제 꽃 볼 시간이 있느냐?" 정말 못 말리는 사람이다.

   밤에 잠자려고 할 때 그이는 그냥 잔다. 하루는 내가 "여보 뽀

하고 자야지!" 그러자 마지못해 볼에 살짝 뽀를 한다. 그다음 날 또 그냥 자려고 한다. 난 또 "여보! 뽀!" 그이 하는 말 "여보 난 한 번 뽀하면 2~3일 효력이 있는데 당신은 겨우 하루밖에 효력이 없어?"

그이는 결혼하고 지금까지 책하고 있으면 행복한 것 같다. 지금은 컴퓨터하고 있으면 만족해 하는 것 같다. 책을 읽거나 원고를 쓸 때는 감히 건드리지 못한다. 하루는 그가 방바닥에 앉아 신문을 읽고 있었다. 나는 신문과 그의 몸 사이를 비집고 들어가서

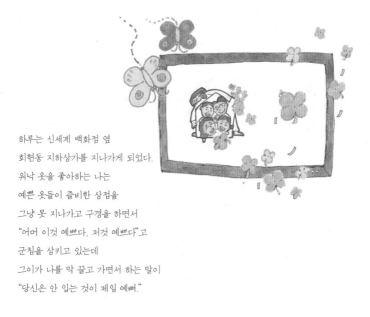

하루는 신세계 백화점 옆
회현동 지하상가를 지나가게 되었다.
워낙 옷을 좋아하는 나는
예쁜 옷들이 즐비한 상점을
그냥 못 지나가고 구경을 하면서
"어머 이것 예쁘다, 저것 예쁘다"고
군침을 삼키고 있는데
그이가 나를 막 끌고 가면서 하는 말이
"당신은 안 입는 것이 제일 예뻐."

나 안고 신문보라고 했다. 그런 자세로 한참 신문을 보다 힘들어졌는지 귀찮아졌는지 그이 하는 말 "안아 주는 기계는 없나?"

나이가 들면 어쩔 수 없나? 그렇게도 얌전하게 잔다는 내가 코를 골기 시작했다. 하루는 나의 코고는 소리에 잠을 설친 모양이다. 아침에 일어나서 하는 말 "당신 자는 모습이 참 예쁘고 사랑스러웠어. 거기에 코만 안 골면 환상적일 텐데 코를 곯아서 아주 인간적이었어."

지구별에서 노닐다

우리 가는 날

부부싸움

　젊었을 때 우리 부부는 무척 싸웠다. 특히 결혼 초에는 아주 심했다. 권투, 축구, 이종격투기에 이르기까지. 서로 말도 안 하고 며칠을 지난 적도 있고, 집을 나가서 여관방에서 자기도 했다. 지금은 힘이 없어 못 싸우니까 그래도 싸울 수 있었을 그때가 좋았다는 생각이 들기도 한다.

　중년에 들어설 때까지만 해도 가끔은 싸웠다. 아마도 그가 모 월간지에 한 해 동안 칼럼 연재를 할 때였던 것 같다. 필자에게 20여 권씩 그 잡지가 집으로 배달되곤 했다. 처음엔 몰랐는데, 그것이 쌓이니까 부담스러웠다. 집안 대청소를 하던 어느 날, 잡지를 한 부씩만 남기고 모두 다 동네 휴지 수거함에 내다버렸다. 수북이 쌓였던 잡지를 다 치우고 나니 방도 한결 훤해지고 내 속도

시원하다. 퇴근하고 돌아온 남편에게 칭찬 들을 일은 아니어도 그래도 이해는 해줄 거라고 생각하며, 연재물 실린 잡지 남은 것 버렸다고 했더니, 버럭 소리를 지른다. 남편의 글이 있는 것을 어떻게 그렇게 버릴 수 있느냐는 것이다. 한참 진정한 듯 앉아 있더니, 다시 벌떡 일어서면서 화가 나서 못 참겠다는 표정이다. 벌써 수거하는 이들이 다 가져간 후여서 더 화가 난 것 같았다. 집에 두기 짐스러우면 어디 회사나 기관 같은 데 가져다 놓으면 될 걸 왜 버렸느냐고 다시 한 번 야단이다.

그가 화를 낼 땐 나는 화를 안 낸다. 못들은 채 그냥 안방으로 들어와 버린다. 그래야 일이 안 커진다. 그런데 그날 밤은 남편이 침실로 오지 않고 자기 서재에서 잤다. 다음날 아침 나는 자고 있는 그를 깨우지 않고, 나 혼자 아침 먹은 뒤 아침 밥 차려놓고, "부부가 등 돌리면 남남이 된다는 말 실감했다. 그 정도의 일 가지고 침실에 안 들어오는데, 내가 어떻게 하면 아예 집을 나가겠느냐, 아침 차려 놓았으니 아침 식사는 하라"는 내용을 쪽지에 써

지구별에서 노닐다

놓고 수영하러 집을 나왔다.

집에 돌아와 보니, 식탁이 말끔히 치워져 있고, 밥 먹은 그릇들도 깨끗하게 씻겨 있다. 그리고 내가 쓴 쪽지 옆에 그가 쓴 편지가 한 장 놓여 있었다. 아침밥을 차려주어서 고맙다는 것과 그것을 잘 먹었다는 것, 그런데 끝에 "아유 미워 죽겠어!"라고 써 있었다. 나는 피식 웃고 말았다. 그날 그는 아무 일도 없었다는 듯이 퇴근하고, 그 일에 대해서는 서로 아무 말도 하지 않았다. 그 후 그는 절대 침실을 나가서 자는 일이 없었다. 그리고 이런 시 하나를 남겼다.

아내의 침실

격렬한 밤을 위해서라면
구태여 침실이 따로 필요 없다
배려 깃든 잠자리는
일상의 평온한 휴식을 위해서다

내가 평범하게 먹으며
화려하게 꿈을 꾸는 것은

아내가 부엌 못지않게

침실에 정성을 쏟기 때문이다

이런 잠자리에서도
잠을 못 이루거나
악몽에 시달리는 밤이 있는 것은
풍진이 묻어 온 탓이다

왼팔로 베개하고
오른팔로 감싸는
대지의 낮과 밤은
여인이 만든 침실

티격태격 싸우면서 50년을 지냈으니 미운 정, 고운 정 다 들었다. 아이들 결혼시켜 다 내 보내고 둘만 덩그러니 남았으니 서로 의지하고 보듬어 안을 수밖에 없다. 둘이서 오순도순 이야기하고 웃고 지내다가 누구라도 훌쩍 먼저 떠나면 남은 사람은 어떨까 생각해 본다.

남편은 자기가 먼저 죽으면 좋겠다고 한다. 부부가 같이 살다가 먼저 죽는 사람이 복이 있다는 말을 들은 터라 나는 그 복까지 당신이 가져가면 되겠느냐고, 그 복만은 내가 가지고 싶다고 했다.

사실 나는 그가 없으면 캔도 하나 못 따고 건전지도 갈아 끼우

지 못한다. 남편이 끝까지 나를 보살펴 주어야 하기 때문에 내가
먼저 죽고 싶은 거다. 하루는 그가 이런 시를 써준다.

우리 가는 날

여보, 당신은 이 세상에서
주어진 목숨 다 살고 가는 날
내가 보는 앞에서
내 품에 안기어서
이 세상 떠나고 싶어 하지만

내가 먼저 가게 되면
나는 당신이 따라주는
포도주 한 잔 마시고
당신이 차려주는 밥 평소처럼 먹고
곁에 있는 이들과 작별 인사 나누고
불러주는 찬송 듣다가
(좀 잘 불러 주길 바라)
기운 쏘옥 빠진 쇠약해진 몸
주님께 안기고 싶은데

당신이 나보다 먼저 간다면
나는 당신에게 해줄 것이 없네
당신은 포도주도 별로 좋아하지 않고
내가 차리는 밥상 근사하지도 못할 거고
당신 돈 좋아하지만
그땐 그것도 소용없잖아

당신 안고, "여보 사랑해" 하면
안 하던 짓 왜 하냐고 핀잔만 줄 거고
역마살도 다 사그라졌을 즈음이니
그냥 당신 옆에 함께 있을게

당신은 나의 노래
남편의 시에 담긴 김명현

하늘이 낮게 내려와

당신을 반기고

초록 산봉우리들이

일제히 달려서

우리를 마중 나오네

남은 길 가는 동안

오르막, 내리막이

예나 다를 리 없겠지만

하늘과 땅 사이가

이제는 더욱더 가까워지겠지

동행(1)

– 2004년 1월 3일 아내의 회갑에 부쳐

황도(黃道) 따라
태양 주위 예순 번 돌고
뒤돌아보니 지나온 궤적(軌跡)
어둠 속에 묻혀있다

내가 혼돈이었을 때
당신은 언어였고
당신이 혼돈이었을 때는
내가 언어였다

육십 준령(峻嶺)에
이렇게 성한 몸으로 오기도
쉽지만은 않은가

하늘이 낮게 내려와
당신을 반기고
초록 산봉우리들이
일제히 달려서
우리를 마중 나오네

남은 길 가는 동안
오르막, 내리막이
예나 다를 리 없겠지만
하늘과 땅 사이가
이제는 더욱더 가까워지겠지

알파와 오메가

- 2013. 4. 20 혼인 45주년에

여자를 만나
오늘의 내가 되고
시간에서 맺어진
연이지만
영원이 시간을 스칠 때마다
번쩍이는 섬광
그 만남
알파 이전 인연이었던가
그 연분
오메가 이후까지도 이어지는 것일까
찰나 속에서도
영원 전과 영원 후를 왕래하네

지구별에서 노닐다

동행(2)

2015. 1. 3 아내의 71회 생일에

우주선 함께 타고
인터스텔라 넘나든다
다른 행성들에서는
시간 속도가 어떤지 궁금하네
어느 날 우리에게서 교신 끊기면
우리 두 사람 웜홀 지나
다른 우주로 간 줄 아세요
44 01 03 오늘은 아내가
이웃별에서
빛을 타고 지구로 온 날
만 년 새댁은
오늘도 어김없이
거울 앞에 앉아서
자화상을 다듬는다

어깨

2015. 4. 20 혼인 47주년에

"여보, 내게 기대!"
이렇게 반세기를 살아온 줄 알았는데
아내의 어깨는 이제껏
남편의 무게를 떠받치고 있다
자식들 짝지어 내보내고도 노심초사
독일로 미국으로 그렇게 짐 싸 나르더니
다들 제자리 잡아 이제 좀
물류 수송 그치나 싶었는데
손자손녀들 복에 겹다는 아내는
길 멀다 짐 무겁다 하지 않고
어깨에 메고 두 팔에 들고 길 나선다
아무도 눈여겨보지 않는 일상사
당연하게 여겨 고맙다는 말이 피차에 어색한가
덜커덩, 덜커덩, 내 낡은 바퀴가
아직도 굴러가는 것은
자주 감싸 안지도 못하는
저 작은 어깨에서
마지막까지 소진되는 견인력 덕분일 터

만물의 어머니

– 2016. 1. 3 아내의 72회 생일에

하나님의 숨

흙에 닿아 한 점 혈육

우주 바꾸고 몸 바꾸어

다른 하늘 다른 땅에서

일흔 두 해

이전 것 다

잊을 수 있었기에

듣고 본 것

다 지워버릴 수 있었기에

날마다 새 하늘 아래서

늘 새 땅 위에서

정신 놓지 않고

허락받은 수명을

나무처럼 살고 있다

그 아래에서는

어린 나무들이

하늘로 가지 뻗고

땅속으로 뿌리를 내리고 있다

가나에서

2015. 4. 20 혼인 48주년에

물 항아리에는
늘 생수가 넘쳤다
물 긷는 손이
평생 부지런했다
지나가는 길손들
물을 찾으면 물이고
술을 찾으면 술이었다
사람들은
그 항아리에 담긴 것이
곱게 빚어진 술이라고도 했고
금방 길어온 단물이라고도 했다
오장육부가 다 씻겨나간다고도 했고
취기가 돈다고도 했다
가나에서
어느새 48년
한 번도 생수 그친 적 없고
연한 금빛 포도주
동난 적 없네[4]

염(殮)

나 먼저 하직할 것 같은데
혼자 남는 것 싫다고
당신 먼저 갔으면 좋겠다니
뜻대로 되는 건 아니지만
내가 당신 염을 하게 된다면

당신 눈 쓸어 감기고
턱 고여 입 다물게 하고
당신 몸 꼭꼭 주물러
가지런히 펼게

젊은 날에 만나
운우지정(雲雨之情) 나누던 몸
마지막으로 말갛게 씻길게

단아한 당신 몸에
함께 준비한 수의
곱게 입힐게

면사포 살며시 벗긴 그 손

매장포(埋葬布) 든든히 감아
지금(地衾) 깔고 천금(天衾) 덮어
당신 편히 누일게

당신이 끔찍이 아끼는 아이들
죽 둘러서서 먼 길 떠나는 당신
나같이 환송할게

그러나 내가 당신을 앞서면
이 모든 것
당신이 내게 해줄 수 있도록
당신 늘 건강하면 좋겠네

---

4) 2016년 4월 20일, 명현이 만나 혼인한 지 48년이다. 지나고 보니 우리가 살아
온 고장이 서울이든, 대전이든, 예루살렘이든, 애틀란타든, 과천이든, 성남이든,
용인이든, 모두가 우리의 첫 마을 "가나" 아니던가!

지구별에서 노닐다

내가 만난 김명현

김명현 사모님은 정원 같으시다.

사모님을 뵐 때면, 누구라도 정원을 거닐 때처럼 함박 웃음꽃을 피우게 된다.

사모님 앞에서는 도무지 슬픈 빛을 지을 수 없다.

민영진 선생님의 낯빛이 늘 맑고 밝은 것은,

환한 웃음을 짓게 하는 사모님이 곁에 계시기 때문이다.

웃음이야말로 기쁨이라는 우주 교향악에 한 몫 하는 길임을,

미소야 말로 우리가 피울 수 있는 가장 아름다운 꽃임을,

그 꽃으로만 제대로 된 삶의 열매를 맺을 수 있음을 환한 낯빛으로 깨우쳐 주시는

삶의 스승이시다.

꿈에서, 또 새로운 꿈으로
민영진·김명현 금혼(金婚)에 붙여

문종수

청명, 곡우 얼핏 보내고
화신풍(花信風), 대숲의 죽순을
간지러, 기지개 켜게 할 즈음
보라 라일락 소담스럽게
피기를 기다리며, 두 분을 위한
아가(雅歌를) 부릅니다

"나의 사랑하는 자는
내게 엔게디 포도원의
고벨화 송이로구나"
"내 사랑아, 너는
어여쁘고 어여쁘다.
네 눈이 비둘기 같구나"

지구별에서 노닐다

오롯이 사랑하고 사랑받느라
세월 감을 헤아릴 겨를 없었지만
해맑은 우전차(雨前茶) 한 모금에
선뜻 다가선 금혼(金婚)의 축복
햇수로만 가늠할 수 없는 삶의 여운이
꼬리별처럼 영롱합니다
몽접(夢蝶)같은 삶이라지만
꿈에서, 또 다시 새로운 꿈으로
이어지는 경이로움 속에서
가시버시 의초로운 겨릿소 되어
결코 짧지 않은 삶의 여정을
온전히, 말씀 밝히심과
가르치심에 기울이시니
생명의 양식, 먹여 키우심이
보내심 받은 뜻에 부족함 없는
"종 중의 종"이셨습니다
이 황량한 시대에

두 분의 그림자, 깊이 드리움만으로도
크나큰 위안일진대
스스로 낮추시어 어리석은 체
하시니, 그 어지심을

헤아릴 길 없고, 때로는
문득 끊고 능히 침묵하시니
천하를 뒤흔드는 웅변보다
그 울림, 우레와 같이
저희를 경책합니다

혹여, 안타까움 남아 있으실지라도
그간의 가르침이 지극하시니
세대를 이어 그 뜻이, 더욱
웅숭깊어질 것입니다.
이제 "때"는 어김없이
돋은 볕에 명지바람 불고
머지않아 꿈결같이 아까시 꽃향기
더하리니, 오늘은 모든 세간사 내려놓으시고
오직, 축하와 감사만이 더하게 하소서

김명현과 함께 지구별에서 노니는 사람들

구미정/숭실대학교 초빙교수 일상과 예술의 경계를 허무는 언니, 지지고 볶는 삶 위로 찬란한 신학을 꽃피우는 언니, 나에게 김명현 선생님은 그런 '언니'다. 그래서 질투가 난다. 언니가 지닌 '살림'의 능력을 손톱만큼도 흉내 내지 못하는 나의 무능이 부끄럽다. 하와의 후예가 얼마나 매력덩어리인지, 온 몸으로 증언하는 언니, 새로운 세상은 이런 언니들의 몫이다.

김성은 김명현은 탁월한 스토리텔러다! 별것 아닌 이야기도 재미있다! 환한 미소와 함께, 사람들을 이야기 속으로 쏙 빠져들게 한다! 아, 남편 홍보는구나 싶었는데 듣고 보니, 존경과 칭찬이네! 김명현 선생님은 새로운 일을 잘 기획하고 끈기 있게, 보이지 않게 추진하는 저력을 가진 분.

김순영 결혼 50주년을 축하드리며, 그 안에 가득한 사랑, 섬김, 돌봄, 이야기, 창조, 약속들이 빛이 되어 환하게 비추는 가운데 미래를 감동으로 열어 가시기를 기도합니다.

김순현/갈릴리교회 목사 김명현 선배님은 정원 같으시다. 신배님을 뵐 때면, 누구라도 정원을 거닐 때처럼 함박 웃음꽃을 피우게 된다. 선배님 앞에서는 도무지 슬픈 빛을 지을 수 없다. 민영진 스승님의 낯빛이 늘 맑고 밝은 것은, 인생의 지혜가 듬뿍 담긴 유머로 무릎을 치게 하며 환한 웃음을 짓게 하는 선배님이 곁에 계시기 때문이다. 웃음이야말로 기쁨이라는 우주 교향악에 한 몫 하는 길임을, 미소야말로 우리가 피울 수 있는 가장 아름다운 꽃임을, 그 꽃으로만 제대로 된 삶의 열매를 맺을 수 있음을 환한 낯빛으로 깨우쳐 주시는 삶의 스승(Lebemeister)을 선배님으로 모시게 되어 여간 영광스럽고 행복한 게 아니다.

김영선 주위를 아울러서 밝은 기쁨을 만드시는 김명현 선생님.

김윤옥 김명현 선생님, 그동안 여러 곳에서 말씀하신 것들을 정리하여 책을 엮는다니 축하드립니다. 저에게 김명현 선생은 거의 30년 지기입니다만, 젊은 패기로 가득 찬 여신학자협의회 공동대

지구별에서 노닐다

표를 함께하던 시절이 제일 인상에 남습니다. 그 시절 우리는 기독교 역사와 성서해석에서 여성 차별적 해석들을 지적해내면서 사회적 약자에 대한 정의감에 불타올랐지요. 참으로 순수하고 귀여운 시절이었지요. 자칫 날카로워지고 극단적으로 되어가기 마련이었는데 평화주의자인 김명현 선생님 덕에 우리는 다시 평상심으로 돌아오곤 했던 추억이 있습니다. 어머니처럼 늘 큰 주머니 속에서 주전부리를 내놓던 배려도 잊히지 않고요. 깊은 배려의 눈빛으로 웃으면서 나의 예민한 분노를 가라앉혔던 순간도 잊지 않고 있지요. 그런 품성은 타고난 것도 있지만 자상하신 남편의 사랑 덕임을 훗날 알게 되었어요. 앞으로도 갈등 속에서 평화를 만들어주시고 사랑과 배려를 깨닫게 하는 어른으로 역할해주시길 바랍니다.

김인수/막내 동생 우리 9남매 중에서 돌아다니기를 제일 좋아하는! 놀기를 제일 즐기는! 어떤 행동에 반드시 반응을 꼭 보내줘야 (제일) 좋아하는! 돈을 제일 많이 쓰는 그런 누나입니다!

김주연 결혼 50주년을 맞이하시며, 삶의 족적을 돌아보는 책을 출간하시는 김명현 전 원장님과 민영진 교수님께 사랑과 존경의 마음을 전합니다. 신학교 1학년 때 출애굽기 강의를 하시는 민 교수님을 통해 처음으로 해방시키는 하나님을 만났습니다. 매시간 가슴이 콩닥콩닥거렸죠. 신학하는 기쁨을 배웠습니다. 그분과 함께 살아온 김명현 선배님을 개발원을 통해서 만난 건 큰 복이었고요. 선배란 이래야 하는구나 하는 것을 배웠습니다. 그런데 저는 두 분께 배운 대로 제대로 살고 있지는 못합니다. 그래서 늘 고마움을 느끼는 만큼 죄송한 마음이 따라옵니다. 다 갚을 수 없는 스승의 은혜에 늘 감사드립니다. 후배들에게 베풀어주신 큰 사랑 깊이 마음속에 새깁니다.

김태희 김명현 선생님, 하면 생각나는 건 편안한 여행 메이트, 인간 내비게이션, 분위기 메이커, 슬기로운 아내, 펴주기 좋아하는 시어머니, 온몸이 다 센서, 어디 가나 늘 선물을 챙기는 멋쟁이!

지구별에서 노닐다

김효정 "나를 놀라게 한 언니!" 그렇게 좋은 남편 만나더니, 두 아들 그렇게 훌륭하게 키우고 드디어 자기 목소리를 내며 그것을 책으로 엮어 출판까지 하신다니… 늘 여러 가지 선물로 기쁨을 주십니다. 아름다운 삶, 계속 되시기를….

박병윤 처형 김명현 님은 대학, 대학원 선배이며 은사이신 민영진 교수님의 아내이시다. 명랑하고 밝은 기운을 뿜어내는 내공과 뚜렷한 여성지도력을 가진 개성이 뚜렷한 분으로 주위에 즐거움을 선사한다. 특히 내게는 미국에서 귀국하여 5년간 지하에서 개척교회를 할 때 우리교회 공동체 일원으로 큰 힘이 되어 주었고, 지금도 회상할 때 잊을 수 없는 아름다운 추억으로 남아있다. 멋진 삶의 나날이 되길 기도한다.

박소영 우아하고 고급스러움 안에 겸손과 따스함은 더욱 귀하다는 것을 뵙고 알게 되었습니다. 선생님 전체가 책 한 권! 두고두고 밑줄 쳐가며 읽고 싶네요. 오래도록 곁을 내주시길 부탁드리

지구별에서 노닐다

며. 멋진 인생 보여주소서.

성효제 언제나 반갑게 웃으며 반겨주시는 모습 아름답습니다. 몇 번 안 뵈었는데도 늘 웃음으로 어서 오라고 반갑다고 해주시는 모습이 언니 같아 행복 했지요. 50년 세월을 두 분이 한결같이 행복하게 지내 오신 것처럼 앞으로 더 건강하시길~ 모든 분들께 귀감이 되시니 행복합니다.

손덕수와 이삼열 김명현과 민영진 부부는 우리 부부와 고향도, 학교도, 교파도, 전공도 다른 사람들이지만 누구보다도 마음속으로 흠모하고 사랑하는 동년배이다. 우리도 꽤 평등 부부로 알려졌지만, 외형만이 아니라 정말 내면에서까지 평등하고 진심으로 사랑하며 보완해주는, 원앙새처럼 조화로운 부부상을 이 두 분에게서 볼 수 있었기에 부러워 할 때가 많다. 목사가 못된 내가 민영진 목사와 함께 새길교회 말씀 증거자[설교자]로 일하며 평신도 교회를 섬겼을 때, 우리 부부들은 자주 만났고, 여신학자로서 뿐 아니라 여성 운동가로서의 업적도 크지만, 늘 환한 유머로 사람들을 재미있고 화목하게 만드는 김명현의 인간미가 여러 모로 향기로웠다.

안미영 "함께 길을 가는 좋은 길벗." 김명현 선생과 민영진 목사의 금혼식을 축하하면서, 김명현 선생과 나와의 인연을 생각해본다. 어린 시절 강원도 원주에서 선후배 사이로 중고등학교를 같이 지낸 것만도 대단한데, 60여 년이 지난 지금 기독여성살림문화원에서 같이 섬기며 살고 있는 것을 보면 보통 인연은 아니다. 60년 동안 늘 함께 있었던 것은 아니다. 각자 자신의 삶을 살았다. 그러다가 어느 순간 불쑥 만나는 때가 있었고, 그때마다 내게는 어떤 일들이 있었다.

　한 번은 내가 30대 초반쯤 되었을 때, 월간 『새가정』 잡지사 후원바자회에서다. 나는 같은 교회 권사님을 따라가서 물건들을 팔고 있었다. 초교파로 모이는 일을 하는 것은 처음이라 어색했다. 그때 "언니, 여기서 뭘 해?" 하면서 누가 등을 툭 쳤다. 김명현이다. 그는 『새가정』에서 일을 많이 하고 있었다. 그를 보는 순간 여기가 괜찮은 곳인가 보다 하고 안심했다.

내 나이 50이 넘었을 때 길에서 만났다. '언니는 글을 잘 쓰니까 글을 써야 한다'면서 『새가정』에 필자로 추천해 주었다. 얼떨결에 여성목회현장 탐방기사를 쓰게 되었다. 그 일을 하면서 잠자고 있던 내 여성의식이 깨어나고, 자유롭고 새로운 인생이 시작되었다. 여성목회자들을 돕고 싶어서 대학원에 들어갔다.

그리고 몇 년 뒤, 석사 논문을 쓰기 위해 자료를 찾으러 한국여신학자협의회를 갔더니, 그곳에 김명현이 공동대표로 있었다. 그때부터 지금까지 함께 일하는 사이가 되었다. 그랬다. 김명현은 내 앞에서 자기 길을 가면서 뒤에 오는 사람들을 위해 길을 내고, 한 발짝 앞서 걸어가고 있었다. 그렇게 살 수 있는 것은 그의 넉넉한 사랑과 다른 사람을 인정하고 배려하는 따뜻한 마음이 있기 때문이라고 나는 믿는다.

김명현과 민영진 목사가 사는 얘기는 즐거운 음악을 듣는 것처럼 기분을 좋게 한다. 그가 한 얘기 중 인상 깊게 남아있는 것은

"내가 꽃을 사려고 하니까 집에 당신이 있는데 무슨 다른 꽃이 필요하냐고 그러더라고" 하는 말이다. 민 목사는 상황에 적절한 말을 잘 알아서 하는 재능이 있다. 그런데 그 아내는 그런 말을 들을 자격이 충분히 있다. 자기 남편을 세상에서 제일 훌륭한 사람이라고 여기면서 존중하고 사랑하니까.

언젠가 한국여신학자협의회 후원의 밤에 우리 부부가 함께 참석한 적이 있다. 그날, 민 목사는 무대 위에서 마술을 해서 흥을 돋우고, 아코디온 같이 생긴 이상한 딱딱이를 켜면서 회중석을 누비고 다녔다. 집에 온 남편이 "당신 후배 남편은 아내를 위해서 참 열심히 하대, 훌륭한 사람이야"라고 감탄했다. 나는 그런 것을 깨달은 내 남편이 참으로 훌륭해 보여서, 사랑하는 눈으로 남편을 한참 바라보았다. 그 둘이 사는 작은 사랑의 모습이 다른 사람들을 행복하게 하는 동력이 되고 있으니 얼마나 고마운 일인가!

내 곁에 이렇게 아름다운 사람들이 함께 살고 있는 것은 하나님의 은혜이다. 언제나 맑은 물줄기로 힘차게 흐르면서 즐거운 노래들을 계속 들려주기를, 예쁜 김명현 선생과 멋진 민영진 목

사가 50년 세월 동안 정성들여 가꿔낸 알찬 열매들에 큰 박수를
보낸다.

양영일 같이한 시간은 길지 않지만 떠올리면 늘 푸근한 고향 같은
분, 어떤 응석도 다 받아줄 것 같은 큰언니 같은 분(윙크), 내가 아
는 사람 중에 남편 때문에 눈 반짝이며 행복해 하는 두 사람을 뽑
는다면 '김명현과 전순란'이지요.

양재성/가재울교회 목사 김명현 선생님은 하나님을 가장 많이 닮으
신 분이 아닐까 하는데 맞는 말 아닐까요?(양재성)
　당연히 맞지 않지요. 그런 감당 못 할 어마어마한 거 말고요!
아주 인간적으로 표현하면 어때요?(김명현)
　매화꽃 같으신 분.(양재성)
　꽃으로 보아 주셔서 고맙습니다. 내가 그렇게 호리호리하고 가
냘프고 날씬한 여자가 아닌데, 너무 웃기는 말이네요. 겉으로 나
타난 일반적인 성격은 어때요?(김명현)

매화는 호리호리한 꽃이 아닙니다. 아주 수수하면서도 매혹적인 품위 있는 꽃이랍니다. '우리 집에 와서 호미 하나 뒹굴고 있으면 애인하고 매화꽃 구경 간 줄 알아라'는 김용택 시가 생각납니다. 그런 꽃이지요.(양재성)

여금현 3개월간 체류한 샌프란시스코에서 귀국한 후, 민영진·김명현 두 분의 결혼 50주년 금혼 잔치 및 책 출판 소식을 처음으로 들었다. 금방 떠오른 생각은 바로 "유 디저브 잇(You deserve it)"이었다. 평소 잔치라면 일단 이유를 알 수 없는 거부감이 일 때와는 달랐다. 두 분은 금혼 축하를 받으실 자격이 있어!

몇 년 전 개발원 주최로 "유쾌한 명현 씨"라는 제목을 내걸고 벌인 김 선배님의 칠순 잔치에 참석했다. 남도 지리산 바람소리와 섬진강 물소리를 가르며 버스를 타고 먼 길을 달려 참석했다. 그때는 "유 디저브 잇"을 입 속으로만 되뇌었다. 두 분의 알콩달콩 또는 아슬아슬(민 교수님 댁에서 잠옷은 아침에 일어나서 입는 것이라나 등등, 더 진한 것도 있지만)한 소문은 미국살이에 찌든 우리 부부에게도 훈

풍처럼 들려 왔으니까!

　가장 눈에 띈 것은 "여신협 회장 역임"이라는 주인공에 대한
경력 소개였다. 여성신학자들의 칠순 잔치는 과연 차별화가 가능
할까? 호기심 어린 눈에 여신협의 인기 스타 민영진 교수님이 주
인공 옆에 배경처럼 계시니 그림이 좋았다. 로얄석에 붕어빵인
두 아드님! 초면이지만 금방 알아 볼 수 있었고, 그들 부부 역시
배경으론 더 없이 훌륭했다.

　둘째 아드님이 읽어 내려간 주인공의 경력 보고는 웃음을 자아
낼 뿐만 아니라 특이한 것이 있었다. 즉 "… 보내시고, … 만드시
고"의 연속이었다. 즉 "침례교 교인인 민영진을 감리교단에 보내
시고, 감리교 목사를 만드시고, 감리교신학대학 교수를 만드시고,
이스라엘에 보내시고 박사를 만드시고…" 등등, 민영진 박사님
은 다름 아닌 주인공의 작품이었음이 아드님의 입을 통해 확인되
는 순간이었다. 감리교단에서는 감독만이 보내는 권력(파송)이 있
는데, 그 집안에서는 선배님이 감독이셨구나?! 남편을 보내시고
만드시는 데 성공한 주인공은 아드님들에게도 같은 방법으로 보

내시고 만드시기 위해 이 세상의 권력이 아닌 버팀목이 되셨으리라! 눈시울에 신호가 왔다. 감동적이었다.

오강남/종교학자 사실 그는 나의 "형수님"이다. 그 부군 민영진 목사님은 나의 이종사촌 형님이고. 형님은 대학 다닐 때 4년을 나와 한 방을 쓰며 살아서 그가 얼마나 열심히 그리고 성실히 대학 생활을 하였는지는 잘 알고 있다. 그러면서도 그가 여성을 보는 안목이 얼마나 훌륭했던가, 특히 배우자를 만나는 혜안이 얼마나 뛰어났던가는 잘 알지 못했다. 형님이 형수님과 사귀기 시작할 때 형수님을 우리 집으로 보내 우리 어머님(형의 이모)을 뵙도록 했는데, 그때 나도 형수님을 처음 만났다. 여러 가지 면으로 형님과 훌륭한 짝이 되리라는 것이 나의 첫 인상이었다.

　그 후 두 분이 결혼을 하고 함께 두 아들을 키우고 함께 유학을 하고 서울에서 오순도순 생활하는 것을 쭉 살펴보았다. 그러다가 나도 캐나다로 유학을 가서 자주 뵐 수는 없었다. 그러나 내가 한국에 방문할 때마다 두 분을 만났는데, 그때마다 형수님은 두 분

지구별에서 노닐다

이 함께 살아가면서 경험하는 재미난 이야기들을 끊임없이 풀어 내셨다. 흐뭇한 이야기, 감동 어린 에피소드, 배꼽을 잡고 웃을 수 밖에 없을 정도로 해학이 가득한 이야기들이었다. 그 중 일부가 이번에 출판되는 책에도 나오는지 모르겠다. 안 나온다면 그들의 어록이 다른 기회에 또 한 권의 책으로 묶여지기를 바란다. 그런 이야기를 통해 유머로 가득 찬, 그러면서도 아름답기 그지없는 두 분이 살아온 삶을 엿보고 거기서 무언가 느끼는 것이 많을 것 이다.

유미호 선생님, 결혼 50주년 축하드립니다. '살림'성경공부 자리에 서 선생님과 민 박사님을 뵈면 무조건 희망을 이야기하고 싶어집 니다. 세상이 절망적이고, 고된 삶과 일 속에 파묻혀 있다가 선생 님이 메일로 보내주신 살림의 성서 이야기를 읽거나 직접 들으면 '여호와는 내게 부족함이 없다', '새로 시작이다' 하는 마음을 먹 게 됩니다. 제게 선생님은, 민 박사님이 말씀하시는 교회 밖에서 핀 '예수 꽃'입니다. 더구나 두 분으로 인해 함께 피어나고 있는

'살림의 예수 꽃'들은, 한참 '생명'을 노래하다 지친 나를 발견하였을 때 마른 제 가지에 다시 싹을 내게 한 분들입니다. 이제 꽃을 피우고 풍성한 '살림'의 열매를 맺을 꿈을 꿉니다. 감사합니다. 그 말씀 더 가까이에서 더 자주 들으면 더 '큰 나'로 자라갈 수 있을 것 같습니다. 그 시간 그 자리가 허락될 수 있으리라 믿고, 기대합니다.

유연희 김명현 선생님을 처음 만난 때를 기억하자면 나는 금방 스무 살 중반으로 돌아간다. 1980년대 중후반 어느 꽃잎이 흩날리는 봄날에 나는 예쁜 아줌마들을 따라 여의도까지 가서 이름도 새로운 유기농 밥상을 처음 마주했다. 그 예쁜 아줌마들은 사실 한국에 여성신학운동을 마구 펼치던 여성신학자들이었다. 김명현 선생님, 안상님 목사님, 김윤옥 선생님, 이선애 목사님 등이 거기 계셨다. 여신학자협의회 모임을 마치고 우리 같은 어린 후배들을 챙겨 맛난 밥을 사주셨다. 밥은 맛있었고, 예쁜 선생님들이 신명나게 여성신학 얘기를 하시며 어린 후배들에게 칭찬과 용기

지구별에서 노닐다

의 말씀을 주신 그날이 내가 여성신학도로 살아가도록 코가 제대로 꿰인 날이기도 하다.

사실 김명현 선생님은 민 교수님 사모님이시니까 분명 내가 그전에도 뵈었다. 하지만 그 유기농 밥상의 싱그러운 채소와 꺼끌꺼끌한 현미밥의 감촉 때문에 그날의 김명현 선생님이 늘 처음 만난 양 떠오른다. 후배에게 조금이라도 새 세상을 알려주려고, 새 사람들을 만나게 해주려고, 새 배움을 얻게 해주려고 여기저기 초대하신 일 중 하나였기 때문이다.

김명현 선생님은 그 후로도 그날의 모습처럼 한결같으셨다. 사람들을 서로 연결하고, 좋은 곳에 초대하고, 좋은 옷과 음식과 선물을 두루 나누어주고, 멈추지 않고 여성신학을 공부하고 실천하고 전파하셨다. 또한 남편 민 교수님을 여성신학의 애제자로 양육하셔서 민 교수님을 통해 여성신학이 깊고 넓게 전파하게 하셨다. 김명현 선생님은 외모도 한결같이 고우시다. 머리만 희끗해지셨을 뿐 주름도 별로 없으신 방부제 미인이시다. 뭘 드시는지 알려주셨으면 좋겠다.

세월이 이렇게 흘렀다. 지금 돌아보면 그 바람이 살랑이던 봄
날의 김명현 선생님은 그때 참 젊으셨다. 지금의 나보다도 어리
셨다. 근데 지금의 나보다도 용감하고 당차고, 무엇보다도 사랑
이 많고 관대하셨다. 아무래도 난 김명현 선생님을 좀 더 열심히
따라다니며 배워야할 듯하다.

유춘자 김명현은 한국 여성신학자의 선구자로써 한국여신학자협
의회에서 공동대표와 실행위원으로 기초를 닦았고 감리교여성지
도력개발원에서는 원장으로 후배들을 위해 헌신한 후배다! 또
가정목회도 성공한 사랑하는 후배다.

윤경원 에고, 또 늦게 열었네요! 다들 공감하시는 대로, 김명현 선
생님을 뵐 때마다 드는 첫 느낌은 "나 행복해요. 사랑받고 있어
요!"라고 무언의 말이 들리는 듯하다는 점이에요. 뵈면 뵐수록 그
행복감은 민 목사님과 함께 계셔서 더 빛나기도 하지만 본래부터
귀여움과 사랑을 가득 채워 스스럼없이 배어나는 선생님의 특별

한 천성이 아니실까 하는 생각이 들었어요. 주님께서 우리 모두
에게 기대하시는 것도 그런 모습이겠지요.

윤문자 김명현은 언제 전화를 걸어도 반갑게 잘 받아주는 여자!
무슨 일이든 맘 놓고 얘기할 수 있는 여자! 좋은 일이면 협력을
잘 하는 여자! 그래서 민 박사님이 여자 한 번 잘 만났다고 생각
되는 여자!

이경자 형아는, 나를 부르실 때는 경자 씨라고 하는데 그 목소리
는 설레게 하는 희망이었습니다. 환하게 웃음 짓는 모습은 희망
과 평안함이 나에게 무지개바람의 빛깔로 다가오곤 하지요. 무엇
을 해결하실 것 같은 눈빛과 웃음은 눈빛과 소통이 되어 내 속을
다 들여다보시면서 한 발짝 앞에 서서 지혜를 보여주십니다. 뵐
때마다 나를 살리는 여유와 사랑의 신뢰를 주시며 다독여주시는
마음이 나를 살리는 사랑이었습니다. 선배님의 풍성한 삶이 동반
자인 민 교수님과의 50년 희로애락은 그분의 영광입니다. 그분을

영회롭게 흰 50년의 삶을 진심으로 축하드립니다.

이봉화/화가 남편에게 사랑받는 행복하고 명랑한 남편 찬양대!

이상환/중앙선거관리위원 민영진 목사님의 아내로서, 민경식·민한식 목사님의 어머니로서, 이지희·박지은 님의 시어머니로서, 병윤·유진·하임·나임의 할머니로서, 시대의 여성으로서, 대한민국 여인으로서 평생을 지켜오셨습니다.

이숙경/소설가 그녀, 김명현을 처음 본 나의 감상이다. 제멋대로 흘러가는 나이와 전혀 상관없이 만날 때마다 사람들의 눈은 물론 영혼까지 사로잡는 이. 패션 감각과 더불어 추호의 주저함이 없는 '당당한 솔직함'은 세상 어느 누구와도 비교할 수 없다. 그녀가 나타나면 세상이 반짝거린다. 범접할 수 없는 생각의 깊이와, 퍼도퍼도 솟아나는 그녀의 지혜의 샘이 그녀를 날마다 젊게 만드는지도 모른다. 그녀를 보면 닮고 싶어진다. 약간의 질시와 함께

지구별에서 노닐다

그녀를 부러워하는 것은, 날마다 새로운 그녀의 모습이 바로 내가 바라는 나의 미래 모습이기 때문일 것이다. 군이 남편 민영진 박사님을 들이댈 것도 없이 홀로 빛나고 아름다운 김명현! 가만히 이름을 불러보는데, 어머나! 어떻게 된 것이 이름까지 아름답군!

이숭리 몸으로 생각하고 몸으로 말하는 여인, 온몸, 세포세포, 근육근육이 생각하고 또 그걸 말한다. 마주한 우리는 그의 포장되지 않은 솔직한 온 몸말로 늘 행복해진다. 입으로만 말해야 되는 줄 알고 침묵으로 방어하며 숨어드는 우리의 망설임을 해제시키는 해방의 몸말을 하는 여인 "퇴비 같은 여인." 함께 사귄지 오래다. 그가 앉는 자리는 늘 동반자들과 같은 높이다. 웃음과 긍정적 사고라는 퇴비로 모든 조직을 건강하게 만든다. 함께하는 동무들은 동행한 시간만큼 잘 익어가며 늙어간다. 고맙다.

이은선 "天地生物之心(천지생물지심)", 세상의 만물을 낳고, 살리고,

보듬는 마음의 엉성에 꼭 들어맞는 심명현 원장님의 삶, 그 옆의 민영진 교수님, 두 분의 50년을 통해 맺힌 열매가 넘쳐납니다. 축하, 또 축하드립니다.

이평숙 젊은 사람들의 말도 경청하시고 쾌활하시나 사려 깊으신 사모님. 남편을 성문에 세우시고 손자손녀들을 위해 항상 줄 것을 예비하시며 나라와 민족, 제3국의 역사까지도 걱정하시는 기도의 어머니! 여성성을 잃지 않으시면서도 대장부 같은 여성 지도자. 무엇보다 가장 존경하며 사랑하는 민영진 박사님의 아내. 두 분을 만날 때마다 그날 하신 말씀과 행하신 일을 음미하며 삶의 지혜를 배웁니다. 여성성을 잃지 않으면서도 결단할 일은 단호하게 하시는 여성 지도자, 냉철한 신학의 세계에서 살아온 남편을 따듯한 감성과 온화한 성품의 사랑의 시인으로 만들고 페미니스트까지 되게 하신 원동력의 소유자 김명현.

임희숙 제가 대학원생 시절에 한 에큐메니칼 모임에서 김명현 선

　　　　　　　　　　　지구별에서 노닐다

생님을 처음 만난 후 오늘까지 이어진 인연에 감사를 드립니다. 그 긴 시간 동안 제 마음에 새겨진 선생님의 모습을 그려봅니다. 싱그러운 봄날의 화사한 꽃 한 송이가 떠오릅니다. 나이가 들수록 화려한 옷이 참 잘 어울리고 신명이 나면 나비처럼 가벼운 춤사위가 자연스럽고 예상치 못한 순간에 유머로 웃음까지 선물하시니 당신이 계신 곳은 언제나 봄날의 시간입니다. 여성신학을 배우고 살림운동을 펼치기 위하여 다양한 사람들이 어울리는 자리에 기꺼운 마음으로 시간과 물질과 힘을 다해 참여하고 선후배들을 서로 이어주며 그 운동이 뿌리를 내리고 열매 맺기를 기도하십니다. 남편을 향한 무한한 사랑, 그 사랑을 감추지 못하는 열정이 당신의 모습입니다. 이 세상에서 맺은 부부의 인연을 소중하게 여기고 50년을 한결같이 지혜와 따뜻함과 활력으로 둘이지만 하나 되고, 하나지만 둘이 되는 역동적인 삶을 이루셨으니, 당신은 사랑스런 정열의 여인, 여성과 남성이 함께 행복한 삶의 선구자가 아니신가요.

장종철 학창시설부터 평생을 진구로 지내오고 있는 김명현은 남편을 끔찍이도 사랑한 가정적 여성이며 이 시대의 여성들에게 신앙과 봉사로 따듯한 지도력을 보여준 아름답고 모범적인 여성으로 기억된다.

전순란 소꿉장난 소년소녀의 소꿉장난 금혼식이라니! 봄비가 내린다. 이 비가 그치면 봄은 성큼 다가오고 산과 들엔 생명이 가득 움트고 꽃은 피어나겠지, 이 빗속에 노란 꽃다지를 바구니 한가득 안고 꽃만큼이나 환하게 웃으며 다가오는 명현 언니, 내가 언니를 만난 건 장충동 여신학자협의회 사무실에서였다. 밝게 유쾌하게 웃는 언니는 봄볕처럼 늘 따스했기에 누구라도 다가가서 겨울처럼 시린 맘과 손을 녹이고 싶어 했다. 언니는 그런 손을 말없이 잡아주고 그 맘들을 녹여주었다. 언니를 늘 좋아하던 내게 짧으나 각별히 가까이 지낼 기회가 주어졌으니 노무현 정부에서 주교황청 한국대사로 나가있던 우리에게 민영진 박사님과 함께 대사관저를 방문했을 때였다.

지구별에서 노닐다

순박하고 단순하고 직선적인 언니에게 좋은 점은 더 완벽하게, 부족한 점은 넘치게 채워줄 사람을 그분이 짝지어 주셨으니 민 박사님이다. 세상에서 제일 훌륭한 남편이 내 남자라는 믿음에 자기 최면을 걸었던 내가 그이만큼, 아니 그보다 더 완벽한 남자를 만났으니 그분이 민 박사님이다. 다만 우리 남자는 하나부터 열까지 아내에게 의존하는 '아내중독증'으로 나의 존재의 의미를 늘 깨우쳐 주는 편이라면, 민 박사님네는 남편이 매사를 완벽하게 해내고 아내는 남편을 사랑스럽고 고마운 눈으로 그저 격려만 해주는 것만으로 '환상의 커플'을 이루고 있다.

　2005년 경 아직도 플로피디스크를 쓰고 있던 우리 보스코의 원시성을 단번에 USB 시대로 선진화시켰고, 아내의 모든 사랑스러움을 시로 엮어내는 민 박사님 부부와 서울에서 지리산에서 사귈 수 있었던 일은 행운이다. 자주 못 만나면서도 만날 적마다 마음이 절로 통한 걸 보면 네 사람 모두 떠나온 본향이 같은 듯하다. 그리울 만하면 불쑥 연락해오던 언니는 이번에는 금혼식 경사로 날 부른다. 봄꽃에 내려앉은 노랑나비처럼 살포시 아직도 소년소

너 같은 그들의 소꿉장난이 부러운 것은 나만이 아닐 것이다.

전풍자 김명현은 아주 긴 세월동안 꾸준히 만나온 친구다. 음식 한 가지씩 만들어 가지고 와서 부부가 함께 세상사를 이야기하는, 일명 접시모임, "소나무 모임"의 회원으로…. 명현을 만나면 자기 집 부부이야기를 어색해하지 않고 잘 털어 놓는다. 그의 이야기는 우리 같은 사람들한테 차츰 감동으로 스며든다. 김명현의 잉꼬부부 비결은 천성과 애씀의 결과이리라. 님의 50년의 사랑을 축하드리며, 그 사랑 영원하기를!!

정효제/전 대한신학대학원대학교 총장 우선 호칭이 매우 거슬린다. 사모님이라 하니 민영진 목사님에 가려진 사모의 모습으로만 남아서는 영 부족하고 신학자로, 선생님으로, 문인으로 또 어머니로서의 여러 호칭들이 다 어울리시니 이 어이해야 할꼬? 한데 민영진 대선배를 따로 떼어서는 생각할 수도 없으니 에라 모르겠다. 그래도 사모님이다. 정말 어딜 가시나 선물 싸 들고 다니시는 멋

지구별에서 노닐다

진 짝꿍이시다. 벌써 반백년 함께 하셨으니 백년해로 하소서. 언제 다시 한 번 예루살렘 골목길을 함께 걸을 수 있기를 바라면서… 새까만 후배 정효제·이명희 드림.

조화순 김명현은 모든 일에 긍정적인 생각을 가지고 있으면서 주위 사람들을 즐겁게 웃게 만든다! 아주 재미있어서 어디 여행할 때는 김명현이 꼭 끼어야 좋다! 특히 남편을 칭찬하며 사는 모습을 볼 때마다 제일 행복한 여자라고 느낀다!

최경숙 대선배님임에도 불구하고 이런 표현해도 용서를 바라면서요. 언제나 밝고 따뜻한 미소로 처음 만남의 긴장된 마음도 단번에 녹이시는 매력 있는 pretty girl 같은 청순함을 소유하셨다고나 할까요?~ㅎㅎㅎ~ 순수해서서일까요? 사람을 보는 안목이 높으신 듯해요~ 민 목사님을 비롯해서 우리 문화원 가족들을 만나신 것 보면요. 그 무엇에도 매이지 않으신 듯 '자유인' 인 듯 함과 무엇보다 민 목사님과 50년이란 세월을 너무 멋있게 아름다운 삶을 살아오시며 행복해하시고 그 행복 바이러스를 나누어 주시니 덩달아 행복해짐을 느껴왔던 순간의 삶이었던 인연이 계속 이어지길 소망하며 선생님의 결혼 50주년 더욱더 건강 잘 유지하시며 행복의 옹달샘 계속 솟아나시길!

최만자 파릇한 봄기운이 온 누리에 생명력을 뿜어내고 있는 이 계절에 참 기쁜 소식이 들려왔다. 사랑하는 내 친구 '김명현'이 책을 출판한다는 것이다. '야! 축하한다'고 한껏 소리쳐 주고 싶다. 여기에 그 축하의 마음을 전하려 한다. 여기선 그냥 '명현이'라고 부름을 양해 바란다.

　명현이와 나는 1966년 연세대학교 연합신학 대학원에서 처음 만났다. 명현인 신약성서신학으로 나는 구약성서신학으로 각각 전공을 선택하고 대학원 과정을 거치고자 이 대학원에 입학하였던 것이다. 나는 연대 신과대학을 졸업하여 올라왔고 명현인 감리교신학대학을 마친 후 이곳으로 왔다. 여학생 수가 많지 않던 때라 우리는 금세 친구가 되었다.

하루 이틀 함께 지나면서 나는 '세상에 이렇게 명랑하고 재미있는 사람'이 있구나 싶었다. 명현인 늘 웃는 얼굴에 어디서 그렇게 많이 수집했는지 재미있는 이야기도 수두룩하게 갖고 다녔다. 우선 그는 즐겁게 잘 웃었다. 나는 별로 말을 잘 하지 않았고 감정 표현도 서투른 편이었는데 명현이와 함께 있으면 덩달아 나도 이야기를 많이 하게 되었고 참 많이 웃기도 했다. 명현이는 누구에게나 친숙하게 다가갔고 사람들과의 사귐도 스스럼이 없었다. 그래서 그를 좋아하는 사람들이 많았던 것 같다.

　언제인지 기억이 확실치 않지만 대학원생들이 어딘가 소풍을 간적이 있었다. 우리는 버스에 나란히 앉아 재밌게 이야기도 하고 노래도 같이 불렀다. 우리가 아마 '디스파냐 소놀라 벨라'(Di spa gna so no la bel la)라는 이태리 가곡을 같이 불렀는데 지금 생각해도 둘이서 참 잘 불렀던 것 같다. 그런데 그때 특별한 관심을 보인 남자가 있었으니 그가 바로 지금 명현의 남편인 민영진 박사였다. '아, 그 노래 기막히게 좋은데요'라면서 우리에게 칭찬을 했다. 민 박사님은 내가 학부시절부터 알아온 선배였는데 그

때 가만 보니까 명현이에게 관심이 많은 것 같았다. 아니나 다를
까. 좀 지나서부터 두 사람이 본격적인 연애를 시작했고 명현인
그 얘기들을 내게 많이 들려주었다. 지금 생각해 보아도 민 박사
님이 명현의 장점들을 얼른 알아차리고 그를 선택하길 참 잘했다
싶다. 내 친구라서가 아니라 명현이처럼 명랑하고 활달하고 그리
고 지혜로운 여성이 그리 흔하지 않으니까! 명현은 조금 가무잡
잡한 얼굴에 도톰한 입술 그리고 선하고 큰 눈을 가진 매력적인
여인이니까!

대학원을 졸업한 후 한동안 우린 별로 왕래가 없이 지냈다. 명
현인 결혼하고 아들 둘 낳고 남편의 이스라엘 유학에 같이 갔기
때문이었고 나는 YWCA에서 일하다 결혼하고 나도 아들 둘 낳
고 평범한 주부로 살았다. 그래서 우린 각자의 삶에 충실 하느라
서로를 생각할 겨를 없이 세월을 보냈던 것 같다.

그러다 1980년 '한국여신학자협의회'(이하 여신협)가 조직되면서
드디어 우리는 거기서 다시 자주 만나게 되었다. '여성신학'이란
새로운 신학의 지평을 소개 받고 한국교회 여성들이 흥분하며 그

공부를 하고자 열성으로 모여서 여신협 활동을 활발하게 전개하기 시작한 때였다. 여성의 눈으로 성서를 읽으면서 성서 속 여성들을 새롭게 만났고 레티 러셀, 로즈메리 류터, 엘리자베스 휘오렌자의 책들을 함께 읽으면서 감동과 환희를 느꼈다. 그리고 우리들은 서로를 격려하면서 한국교회에 여성신학을 확장해 나가기 위한 여러 논의들을 나누었다. 명현은 언제나 겸손했다. 여신협 회원들이 앞에 나서서 이러쿵저러쿵 하면 그는 '여러분들은 너무 똑똑해서 말도 잘하고 글도 잘 쓰네요. 나는 많이 배우고 있어요'라면서 다른 회원들을 더 칭찬하곤 하였다. 여신협 활동을 하면서 때론 서로 간에 갈등도 생기고 마음이 맞지 않아 불편해질 때도 있었는데, 명현은 그런 때마다 참 지혜롭게 서로 잘 이해하도록 조정을 했고 언제나 좋지 않은 결과를 미리 막기 위해 애쓰곤 했다. 나와 명현은 제법 오랜 기간 동안 여신협 활동을 함께하면서 우정도 나누고 여성신학의 경험도 나누며 지냈다. 명현의 이런 지도력은 감리교 여성지도력 개발원 원장을 하면서 더욱 드러났다. 그는 깊은 애정을 가지고 감리교 여성 지도력 개발을 위해 혼신을 다하는 깃 같았다. 그리고 명현은 여성주의 의식에 누구보다 철저하여 가부장적 불평등한 교회구조에 투사처럼 저항하기도 했다. 명현은 그 속에 열정이 가득한 사람이다.

세월은 흘렀고 우리는 여신협 활동을 벗어나면서 가끔 서로 얼굴을 볼 기회는 있었지만 자주 만나진 못하였다. 그런데 우연히 우리가 같은 동네에 살게 된 것이다. 지금 우리들이 살고 있는 용인시 죽전동이다. 명현은 이 동네에서 산지가 꽤 오래 되었고 나는 5~6년 정도 되었나 보다. 용인 시민들이 즐겁게 걷기도 하고 편하게 휴식도 취하고 간간히 운동도 하며 즐기는 '탄천'을 사이에 두고 다리 하나를 건너면 만날 수 있는 지근거리에 살고 있다. 이제는 둘이 아닌 넷이서 만난다. 이렇게 지척에 사랑하는 친구와 함께 산다는 것이 보통 행운이 아니다. 명현이는 동네 맛집을 꿰뚫고 있고 민 박사님은 분위기 좋은 카페를 샅샅이 찾아내신다. 이제 노년이 되어 서로 만나서 뒤늦게 아이들이 어떻게 살고 있는지를 살피며 무슨 음식을 좋아하는지 어떻게 일상을 보내고 있는지를 서로 알아가며 한두 달에 한 번씩 얼굴을 맞댈 수 있는

지구별에서 노닐다

친구가 되었다. 이게 보통 인연이 아니지 않은가!

요즈음 명현이를 만나면서 또 새롭게 본다. 매사에 판단력이 어찌나 좋은지 놀랍다. 그리고 마음 씀씀이가 깊고도 넓다. 여전한 유머와 재치 또한 사람을 즐겁게 한다. 사실 명현이는 친구들 사이에서 '남편 찬양대'라 불릴 정도로 우리가 만날 때마다 남편 '어록'을 쏟아 놓는 친구로 유명하다. 그런데 내가 근래에 가까이 만나면서 보니 민 박사님이 찬양 받으실 만도 하지만 그를 그럴 수 있게 만든 사람이 바로 내 친구 명현이란 사실을 새삼 알게 되었다. 그의 생활의 지혜가 남편을 그렇게 만들어 간 것 같았다. 명현이네는 집에 부엌을 최소화해서 산다고 한다. 부엌에 여성이 얽매이지 않아야 한다는 주장이다. 민 박사님이 훌륭하다 싶지만 그러하도록 만든 이가 명현이다. 민 박사님이 시인이 되시어 훌륭한 시를 많이 쓰셨다. 참 감동적인 내용들이 많아 나는 그 시들을 매우 좋아한다. 그런데 시의 영감을 준 이는 명현이고 그와의 생활 안에서 그 시들이 탄생된 것임을 확인하게 된다. 명현이 그동안 모았던 글들을 이렇게 책으로 펴내는 것은 그의 깊은 내면을 이제야 드러냄이다. 두 분의 책 출간을 다시 크게 축하드리고 천생연분이신 두 분의 만수무강을 빈다.

한국염 교단을 넘어 언니라 부를 수 있는 명현 언니가 있어서 좋았습니다. 금혼식을 맞는 김명현, 민영진 님 두 분의 금혼식을 축하드립니다. '은발'이라는 노래를 들으며 이 글을 쓰고 있습니다. 그 노래가 마치 민 박사님이 명현 언니, 당신을 보면서 부르는 노래라는 느낌이 드네요.

제가 감리교에서 언니라고 부르는 단 두 사람의 언니가 있는데, 한 사람은 명현 언니, 다른 한 사람은 윤명선 언니입니다. 윤명선 언니야 한신 후배의 언니라서 덩달아 언니라고 부르게 된 거지만, 명현 언니는 여신학자협의회에서 만난 인연으로 언니가 되었지요. 아니, 정확히는 여신협보다는 여성신학회 활동을 통해 언니가 된 것으로 봐야 할 것 같네요. 여성신학회 초기, 기독교학회에 가입하려니 아줌마들이 무슨 신학회냐고 소위 박사와 교수 중독에 걸린 남성 목사님들이 타박을 주던 때가 있었습니다. 기억나지요? 그런 타박을 무시하고 우리 몇 명은 여성신학회를 정말로 열심히 꾸려나갔습니다. 지금 여성신학회 회원들이 그때의 그 열정을 아는 사람이 얼마나 있을까마는, 그 중에 김명현이 있었지요. 처음에는 민영진 교수님의 아내로 소개되다가 여성신학회 활동을 하면서는 우리 사이에 민영진 교수님이 김명현의 남편으로 인지되었습니다. 그렇게 친해져 김명현을 언니라고 부르기 시작했고요. 나름 까탈 맞아서 타교단 사람을 언니로 부르는 게 쉽지 않은 일인데… 그만큼 명현 언니가 친화력이 있고, 소탈했다는 뜻이지요. 유머도 우리 학회에서 제일 잘해 분위기 메이커였고요.

제가 1988년 독일로 잠시 공부하러 갈 때 명현 언니가 회색 가디건을 한 벌 선물해 주었는데, 그 옷을 3년 내내 입었던 기억이 납니다. 귀국해서 언니한테 작아진 옷을 스스럼없이 물려 입을 정도로 거리감이 없었던 것 같습니다. 여신협 총무로 활동을 할 때 정말 많은 격려를 받았습니다. 일 잘한다고, 글 잘 쓴다고, 칭찬도 아낌없이 해주었지요. 칭찬은 고래도 춤추게 한다지요? 저

뿐만 아니라 여신협 회원들에게 격려를 보내던 그 환한 웃음을 기억합니다. 여신협 20주년을 언니와 함께 할 수 있어서 행복했습니다.

제가 여신협을 떠나고 이주여성운동에 매진하면서 다소 소원해졌지만, 소문은 다 듣고 있었습니다. 세월이 흘러 감리교여성개발원 원장님이 되었다는 이야기를 들은 지 엊그제 같은데, 어느새 은퇴했다는 소리가 들리고…. 넉넉한 품으로 감리교 후배 여성들의 지도력 양성에 힘을 보태신 것은 정말 아름다운 이야기입니다. 명현 언니, 일본군 '위안부'였던 이용수 할머니께서 수요시위 자리에서 90세를 축하하자 "운동하기 딱 좋은 나이"라고 기염을 토하셨는데, 우린 운동 말고 노는 자리에서 만나요. 그리고 그 환한 웃음을 종종 보여주세요.

한현실 김명현 샘~! 하면… "사랑 받을 수밖에 없는 귀여운 여인!

이지희/첫째 며느리 사랑하는 어머니, 제가 결혼하고 나서, 어머니

지구별에서 노닐다

의 첫 생신을 맞았을 때, 어머니께 무슨 선물을 드릴까 고민하다가, 아범에게 "어머니 뭐 좋아하시냐?"고 물었더니, 그때 두 가지 얘기를 들었습니다. 어머니 생일엔 꽃하고 돈이면 된다고. 그래서 지금껏 매년 이 두 가지 빼뜨리지 않으려고 했는데, 그래서 늘 "꽃다운 꽃"은 준비했는데, 아직 한 번도 "돈다운 돈"을 드리지 못해 죄송해요. 그런데 어느 순간, 어머니께서 꽃이나 돈 못지않게 편지를 좋아하신다는 걸 알게 되었어요. 어머니께 처음 인사드린 게 벌써 20년도 넘은 거 아세요? 처음엔 친한 오빠의 어머니로 알게 되었고, 그러다 오랫동안 제 시어머니이셨고, 친정엄마가 돌아가신 뒤로는 저에겐 이제 하나 밖에 없는 엄마세요. 한때는 어렵기도 했는데, 어느새 의지할 수 있고, 마음 터놓고 얘기할 수 있는 그런 "엄마"가 되어 주셔서 얼마나 감사한지 몰라요. 엄마와 딸로 "오래오래" 같이 지냈으면 좋겠어요. 시댁에 갔다 올 때마다, 무엇 하나 더 주고 싶어 하시는 어머니 때문에, 우리 차에는 어머니께서 싸주시는 음식이며, 반찬거리며, 또 살림이 가득하지요. 제가 오히려 챙겨드려야 할 나이가 되었는데도,

어머니께서 더 챙겨주셔서, 한편으로는 죄송하고, 다른 한편으로는 감사해요.

어머니는 "어머니의 시어머니"께서 어머니께 얼마나 많은 사랑을 베푸셨는지 종종 말씀하시면서, 어머니께서도 그런 시어머니가 되고 싶다고 하시잖아요? 저는 어머니를 보면서 같은 생각을 해요. 어머니께서 베풀어주시는 사랑과 관심과 돌봄에 감사하면서, 나도 우리 며느리에게 사랑하며 베푸는 시어머니가 되어야겠다고 생각해요. 그러고 보면, 시할머님이나 어머니나 저나, 우리 세 여자는 참으로 묘한 인연이에요. 셋 다 민씨 집안에 시집왔지만, 셋 다 민씨 성을 쓰지 못한다는 것. 시할머님은 전씨, 어머님은 김씨, 저는 이씨. 그렇지만, 민씨 집안에 전통이 우리 사이에 세워지는 게 아닌가 하는 생각이 들어요. 나오미와 룻처럼, 시어머니와 며느리가 서로 의지하고 사랑하는 그런 관계가 우리 민씨 집안의 특징이 되었으니까요. 며느리를 아끼고 사랑하는 마음, 잘 보고 배워서, 다음 며느리에게도 똑같이 전해주도록 하겠습니다. 어머니께서는 처음 뵌 그날부터 지금까지 여전히 밝으시

지구별에서 노닐다

고, 활력이 넘치며, 건강하세요. 어머니의 모습은 그대로인 것 같은데, 금혼식을 하신다니 놀랍습니다. 어머니, 오래오래 건강하시고, 더 큰 웃음으로 웃어주세요. 늘 행복하시기를 바랍니다.

박지은/둘째 며느리 둘째 며느리 박지은이 저희 부부의 롤 모델이신 사랑하는 아버지 어머니의 금혼식을 축하드립니다. 제가 어머니를 처음 뵌 것은 "아직은 마흔 아홉"이라는 아침드라마가 유행이던 시절. 그때 어머니께서 "내 나이가 아직은 만으로 마흔 아홉"이라고 하셨던 기억이 납니다. 이제 저는 그때 어머니의 나이가 되어 가고 있습니다. 어머니는 해바라기처럼 환하고 밝은 에너지가 넘치시는 분, 누구보다 열정적이시고, 활동적인 분이지요. 제가 어머니를 처음 뵈었을 때가 결혼 20년도 지난 때였는데, 그때의 밝고 자신감 넘치셨던 어머니의 모습은 아버지의 넘치는 사랑을 충분히 받으셨기 때문이 아니었을까, 저도 결혼생활 20년을 지내고 보니 그런 확신이 듭니다. 배우자의 사랑이 얼마나 한 사람의 품성과 분위기를 좌우하는지, 결혼생활을 해본 사람이라면

일고도 님음이 있을 것입니다.

저희 부부는 대학 동기로 만나, 사귀기 전에도 이미 친한 친구 사이였습니다. 애인이기 이전에 친구였던 한식이의 부모님을 만났던 저는 언니에게 "한식이 부모님 같은 시부모님을 만나면 좋겠다"는 이야기를 했었습니다. 두 분처럼 사이좋은 부부의 모습을 우리 부모님 세대에서는 좀처럼 볼 수가 없었기 때문이지요. 제 바람대로 저희는 결혼을 했고, 부모님을 따라갈 수는 없지만 얼추 흉내를 내며 20년을 행복하게 살고 있습니다.

어머니와 저는 가치관은 매우 비슷하지만, 한편 매우 다른 성향을 가지고 있답니다. 그런 어머니와 제가 지금까지 20여 년을 좋은 고부간으로 지낼 수 있었던 것은 어머니의 사랑과 노력의 힘이 컸다고 생각이 됩니다. 어머니는 어머니의 시어머니로부터 사랑을 무척 많이 받았다는 얘기를 늘 들려주시며, 혹 며느리인 저희들에게 마음에 안 드는 면이 보인다 하더라도, 받은 사랑을 기억하며 저희들에게 더 사랑을 주려고 하신다고 하셨고, 저희들은 그처럼 많은 사랑을 받았습니다. 어머니는 항상 "말이 통하

지구별에서 노닐다

는" 분이시기에, 혹 자식인 저희들이 잘못한 부분이 있거나 의견 차이가 있으면 꼭 좋은 방법으로 얘기하시고 의논하는 것을 잊지 않으셨습니다. 그런 어머니의 소통방식이 새삼 너무나 고맙습니다. 세상에 참으로 많은 고부간의 갈등이 양방의 소통이 없이 일방적인 방식으로 이루어져, 서로 고통스러워하는 것을 보게 되니 말입니다.

자녀에게 가장 좋은 사교육은 좋은 부부사이라고 어디에선가 들었습니다. 그런 면에서 본다면 부모님이야말로 최고의 사교육을 자식들에게 해주신 분들일 것입니다. 제 남편은 제가 알고 있는 어떤 사람들 중에서도 정서가 안정되고 자존감이 높은 사람인데, 부모님께 받은 사교육의 산물이 아닐까요. 제가 생각하는 성공한 인생은 자식이 자랑스러워하는 부모가 되는 것인데, 그렇다면 두 분은 성공한 인생을 사신 분들입니다. 받은 사랑을 도로 되갚을 수는 없겠지요. 어머니가 말씀하신 것을 기억합니다. 저는 물려줄 며느리는 없지만, 자식들에게 받은 많은 사랑을 유산으로 물려주고 싶습니다. 먼 이국땅에서 목회하는 아들과 며느리를 적

극 지지해주시며, 항상 기도와 물질로 후원해주시는 어머니! 고맙습니다. 사랑합니다.

민경식/첫째 아들 신학생 시절, 처음으로 설교를 할 기회가 있었다. 설교문은 아버지께서 손을 봐주셔서 어느 정도 마음이 놓이긴 하였지만, 그 많은 사람들 앞에 서서 어떻게 얘기해야 하나. 얼마나 걱정이 되었는지, 전날 밤에는 잠도 오지 않을 지경이었다. 아들 방에 밤늦게까지 불이 켜져 있는 것을 보신 어머니께서 방문을 열고 들어오셨다. 자다가 깨신 것 같다. "이 시간까지 안자고 뭐하니?" "내일 설교 준비하느라고요. 그런데 걱정이에요. 무슨 말을 어떻게 해야 할지…" 그러자 어머니는 한 마디 남기고 다시 침실로 가셨다. "애, 사람들이, 내 아들 쳐다보기도 바쁜데, 어디 네 설교 듣겠냐? 너무 길겐 하지마라."

몇 년 전 명절, 우리 차에 어머니, 아버지를 모시고 대전 산소에 다녀오는 고속도로는 그야말로 주차장이었다. 물론, 버스 전용차로는 텅 비어있었다. 우리 차는 9인승이라 버스전용차로에

지구별에서 노닐다

진입할 수는 있지만, 6명 이상 타고 있어야 가능한 일이었다. 아쉽게도 우리는 5명이었다. 꽉 막힌 길에 하염없이 서있는데, 어머니께서 대뜸, "얘, 전용차로로 가자." 하시는 것이 아닌가? "어머니, 우리는 5명이라 전용타로 타면 벌금 내요." 그러자 어머니께서는, "아들아, 벌금은 이 어미가 내주마." 하시는 것이 아닌가? "아들아, 저주는 이 어미가 받으마. 내가 시키는 대로 하여라."(창 27:13) 하고 말한 야곱의 어머니 리브가가 따로 없다.

어머니는 늘 적극적이고 긍정적인 분이시다. 걱정 없이 사시는 분 같다. 늘 행복해서, 사람들의 시샘을 받아도 당연한 분이다. 한번은 신문기자가 아버지와 인터뷰 하다가, 마지막에 "다음 생에는 어떤 사람으로 태어나고 싶으세요?" 하고 물었다고 한다. 그때 아버지는 이렇게 대답하셨다. "김명현으로 태어나고 싶습니다."

그러나 어머니의 삶이 늘 그렇게 평탄하지만은 않았다. 나의 가장 오래된 기억은 우리 나이로 5살 때이다. 공항이었다. 일본

하네다 공항이었던 것 같다. 커다란 창밖으로 셀 수도 없이 많은 비행기가 뜨고 내리고 서 있고 하는 것들이 보이고, 나는 동생과 함께 공항 로비에서 이곳저곳을 맘껏 뛰어다닌다. 어머니는 두 아들을 잡으러 다니지도 못하신 것 같다. 그렇게 두 아들은 그곳에서 완벽한 자유를 누렸다. 나중에 들은 얘기인데, 그때 어머니는 공항에서 하염없이 우셨다고 한다. 그 어마어마한 이삿짐(심지어는 하네다 공항에서 일본에 계신 친척 어른이 구입해서 꾸려주신 작은 TV도 포함되어 있었다)에다 통제 안 되는 두 아이를 데리고 남편이 있는 이스라엘까지 가야 하는, 난생 첫 해외 여정이 도저히 감당이 되지 않았던 것이다.

어린 시절 이스라엘에서의 기억도 어렴풋하다. 공부하시는 아버지 뒷바라지 하시느라, 어머니는 당신의 몸을 보살필 겨를이 없었다. 어머니께서 가끔 인형을 들고 집에 들어오신 것으로 봐서는, 인형 만드는 데서도 일하신 것 같다. (나중에 안 사실이지만 어머니는 그 무렵 Lifeline for the Old라고 하는 시립 노인복지시설에서 그들에게 인형 만드는 법을 가르치고, 시설에서는 그들이 만든 인형을 전시하고 팔아 노인들이 경제적으로 혜

지구별에서 노닐다

택을 보게 하였다고 한다. 어머니의 월급은 우리 한 달 식생활비가 되고…) 당시 그곳에는 워낙 한국 사람들이 없었기 때문에, 한국에서 성지순례 오는 분들은 으레 우리 집에 들르셨으며, 손님맞이는 언제나 어머니의 몫이었다. 밀려드는 손님들 때문에 아버지는 예루살렘과 베들레헴 사이 탄투르에 있는 연구소로 들어가셨고, 어머니 혼자 하루 멀다 하고 손님치레를 하셔야 했다. 아버지가 받는 장학금과 어머니가 받는 월급 외에는 수입이 달리 없는 유학생 가족이지만 어머니는 손님 대접하는 것이 신앙을 가진 가족이 지켜야할 예절이라고 생각하셨다. 외할아버지와 외할머니가 그렇게 사셨고, 가훈으로 물려받으신 어머니는 아들에게도 이러한 신앙을 그대로 물려 주셨다. 그러던 어느 날, 역시 손님상을 차리느라, 장을 잔뜩 봐 오시다가 셋째를 유산하셨다. 임신 7개월이었다고 한다. 그렇게 무거운 짐을 드는 게 아니었다.

1977년, 온 가족이 함께 한국으로 돌아왔다. 이제는 '고생 끝, 행복 시작'일 것만 같았는데, 둘째가 아팠다. 데굴데굴 방을 뒹구는 아들을 등에 업고 동네 병원으로 갔는데, 큰 병원에 가보란다.

세브란스에 갔더니, 정밀검사를 하자고 하고, 정밀검사 했더니, 수술하잔다. 임파선 암이란다. 학교도 안 들어간 어린 아들한테 그런 일이 생긴 젊은 엄마의 마음은 어떨까? 다들 희망이 없다고 했다. 모두들 포기했다. 아들을 떠야 보내야 하는 어머니는 아들을 살려달라는 기도도 하지 못하고, 그저, 동생의 고통이 멈추기만을 비셨다. "하나님, 6년 동안 우리에게 천사를 보내주셔서 우리와 함께 있게 해 주셔서 고맙습니다. 이 아이가 있어서 우리 모두가 행복했습니다. 더 고통스럽지 않게 빨리 데려가 주십시오." 동생은 초등학교 내내 학교를 제대로 다니지 못했다. 병원 가느라 결석하고, 학교 갔다가도 온 몸에 토사물을 그대로 묻힌 채 울면서 집으로 돌아오기 일쑤였다. 그러던 동생이 6학년 때, 처음으로 개근상을 받았다. 아무나 받는 개근상, 그런데 어머니는 얼마나 우시던지. "드디어, 내 아들이 살았구나!"

작은 아들은 살아있는 그 자체로 기적이었다. 그러니, 공부하라는 말이 입 밖으로 나올 수 없었다. 작은아들한테 공부하라는 말을 하지 않는데, 큰아들한테만 공부하라고 할 수는 없었을 것

지구별에서 노닐다

이다. 어머니는 나한테 공부하라고 말씀하신 적이 한 번도 없다. 잔소리를 들은 기억도 별로 없다. (조금은 있지만, 별로 없다.) 그러니, 사춘기 아들의 반항적인 태도에 어머니는 얼마나 또 가슴을 쓸어내리셨을까?

대학 다닐 때, 친구들 사이에서 불광동(佛光洞) 부근의 우리 집은 장급(莊級) 여관인 "불광장(佛光莊)"으로 통했다. 친구들이 일주일에도 몇 번씩은 우리 집에서 잤다. 밤늦게 열 명씩 우르르 몰려 들어가기도 했고, 넉살 좋은 친구들은 나 없이도 우리 집에 들어가 밥을 얻어먹기도 했다. 내가 아침 일찍 나오는 날이면 친구들은 좀 더 잠을 자고, 늦은 아침 제대로 대접받고 천천히 집을 나섰다. 사내냄새 나는 친구들의 방문을 어머니는 한 번도 거절하지 않으셨다. 눈치도 주지 않으셨다. 서슬 퍼런 유신과 오공시절에도 공개수배 되어 도망 다니던 학생들을 집안에 숨겨주며 가슴 졸이시던 어머니.

(나는 잘 모르겠는데) 큰아들은 어려서부터 독립심이 강해서, 뭐든지 혼자 하겠다고 고집을 부렸다고 한다. 그런 나를 이모들은 "민

고집"이라고 불렸다. 장내비가 퍼붓는 날, 20대의 젊은 엄마는 "민 고집"을 번쩍 들어서 버스에 태웠다. 그런데 못된 아들은 "경식이가, 경식이가" 하고 버스가 떠나도록 울어댔다. 결국, 기사는 버스를 세우고, 우는 아이가 내렸다가 혼자서 다시 버스에 올라타도록 하였으니, 그 엄마 참 불쌍하다. 그런데 그런 아들이 마흔 가까이 될 때까지 독립을 못했다. (그렇다. 독립과 독립심은 다르다!) 결혼해서, 유학 가고, 공부 마치고, 귀국했는데도 밥벌이를 제대로 못하는 아들을 어머니는 한 번도 탓하지 않으셨고, 오히려 늘 격려해주시고, 자랑스러워해 주셨다. 아들한테 쏟아 붓기만 하셨지, 한 번 제대로 대접 받지 못하셨다. 그런데도 어디 가면 아들 자랑이다. 이해할 수 없다. 이제 내 나이, 하늘의 뜻을 깨닫는다는 오십인데, 어머니의 마음을 헤아릴 수 없는 것은, 어머니의 마음이 하늘의 뜻보다 더 크기 때문이다.

민한식/둘째 아들 오늘은 오래 전 추억의 노래를 몇 번이나 들었다. "아 그럴꺼어 날 아낄러고 구지 내게 마라나고 멀리 떠나가먼

지구별에서 노닐다

가." 눈으로 가사를 보면서 듣지 않으면 무슨 말인지도 잘 모를 것 같은 가사와 발음. 랩을 음악의 장르나 유행으로 이해하지 못하는 어른들은, '요즘 젊은 것들은 왜 저 따위로 노래하는지' 혀를 찼을만한 노래였지만, 그 노래를 반복해서 들은 이유는 어머니 생각 때문이었다.

예전에 어머니께서 지금 내 나이보다 서너 살 정도 많으셨던 1995년, 아들은 처음 생긴 중고차를 드라이브 하며 룰라의 〈날개 잃은 천사〉를 열심히 따라 불렀고, 옆에 타신 어머니는 조용히 하라든지, 다른 노래를 듣자고 하든지, 이상한 노래를 따라 부르는 아들을 한심한 눈으로 바라보시지 않고, 대신 테이프 케이스에 꽂혀있던 가사를 보며 열심히 따라 부르셨다. 어머니 나이에 맞지 않게 뭘 이런 노래를 부르시는지 의아했는데, 어머니의 답은 간결하면서도 감동적이었다. "우리 아들 좋아하는 노래 한 곡 정도는 따라 부를 줄 알아야지." 어머니는 늘 그러셨다. 아들이 좋아하는 노래가 제일 좋은 노래고, 아들이 가는 학교가 제일 좋은 학교고, 아들이 사귀는 여자 친구가 제일 좋은 여자고, 아들이 하고 싶어 하는 일이 제일 좋은 일이라고 여겨주셨다. 아들에게는 어머니의 그 마음만으로도 충분했다. 그러기에 남과 비교하며 주 눅이 들거나, 사회에 나가 '내가 부족할까' 조바심을 내거나, 어디 가서 불안해할 필요가 없었다. 조건 없이 나를 사랑하는 사람이 이 세상에 최소한 한 명이라도 있다는 것을 알았기에, 그 사랑 위 에 든든히 설 수 있었다. 어렸을 때부터 오십을 바라보는 지금까 지 계속해서 받기만 하지만, '어머니의 무조건적인 사랑을 받고 있다는 확신'은 아들이 어머니에게서 받은 가장 큰 선물이다.

'언제라도 넌 내가 원한 것을/ 다 줄듯 보였고 사바 사바 사바/ 변덕스러운 내 기분 맞추려 고민도 하고.' 〈날개 잃은 천사〉의 가 사처럼 어머니는 아들에게 물질이든지 마음이든지, 줄 수 있는 것들을 다 주셨지만, 아들은 '하지만 너의 고마웠던 사랑을 난 당 연한 듯 생각했었던 거야.' 그러나 너무 크기에 갚을 수 없어, 그 저 감사할 뿐이다. '아 그럴거야 나를 아낄려고 굳이 내게 말 안 하고 멀리 떠나갔던가.' 인정하기는 싫지만, 언젠가는 어머니가 멀리 떠나시는 날이 오겠지. 누가 먼저일지 나중일지는 인간의

지구별에서 노닐다

영역이 아니니 단정할 수 없지만, 지금 그날을 생각하는 이유는, 이 땅에 함께 있는 날들이 남아있을 동안에 더 사랑하고 싶어서이다. 나도 오늘 딸이 어떤 노래를 부르는지 따라 불러야겠다. 날개 잃은 천사에게 배운 대로.

지구별에서 노닐다

1판 1쇄 인쇄 2018년 4월 12일
1판 1쇄 펴냄 2018년 4월 20일

지은이 김명현
펴낸이 한종호
디자인 임현주
인 쇄 제이오

펴낸곳 꽃자리
출판등록 2012년 12월 13일
주소 의왕시 전주남이4길 17, 102동 804호(오전동, 모락산 동문굿모닝힐아파트)
전자우편 amabi@daum.net

ISBN 979-11-86910-19-1 03810
값 12,000원